# 唐宋散文与诗词

徐 潜／主 编

张 克 崔博华／副主编

尹艳华 李海霞／编 著

吉林出版集团一吉林文史出版社

图书在版编目（CIP）数据

唐宋散文与诗词／徐潜主编．—长春：吉林文史出版社，2013.3（2025.9重印）

ISBN 978-7-5472-1481-7

Ⅰ.①唐…　Ⅱ.①徐…　Ⅲ.①古典散文–文学欣赏–中国–唐宋时期–通俗读物　②古典诗歌–文学欣赏–中国–唐宋时期–通俗读物　Ⅳ.①I206.2

中国版本图书馆 CIP 数据核字（2013）第 062773 号

## 唐宋散文与诗词

TANG SONG SANWEN YU SHICI

主　　编　徐　潜

副 主 编　张　克　崔博华

责任编辑　张雅婷

装帧设计　映象视觉

出版发行　吉林文史出版社有限责任公司

地　　址　长春市福祉大路 5788 号

印　　刷　唐山富达印务有限公司

版　　次　2013 年 3 月第 1 版

印　　次　2025 年 9 月第 5 次印刷

开　　本　720mm×1000mm　1/16

印　　张　10.5

字　　数　250 千

书　　号　ISBN 978-7-5472-1481-7

定　　价　68.00 元

# 序　言

　　民族的复兴离不开文化的繁荣,文化的繁荣离不开对既有文化传统的继承和普及。该书就是基于对中国文化传统的继承和普及而策划的。我们想通过这套图书把具有悠久历史和灿烂辉煌的中国文化展示出来,让具有初中以上文化水平的读者能够全面深入地了解中国的历史和文化,为我们今天振兴民族文化,创新当代文明树立自信心和责任感。

　　其实,中国文化与世界其他各民族的文化一样,都是一个庞大而复杂的"综合体",是一种长期积淀的文明结晶。就像手心和手背一样,我们今天想要的和不想要的都交融在一起。我们想通过这套书,把那些文化中的闪光点凸现出来,为今天的社会主义精神文明建设提供有价值的营养。做好对传统文化的扬弃是每一个发展中的民族首先要正视的一个课题,我们希望这套文库能在这方面有所作为。

　　在这套以知识点为话题的图书中,我们力争做到图文并茂,介绍全面,语言通俗,雅俗共赏。让它可读、可赏、可藏、可赠。吉林文史出版社做书的准则是"使人崇高,使人聪明",这也是我们做这套书所遵循的。做得不足之处,也请读者批评指正。

编　者

2014 年 2 月

# 目  录

# 唐代诗风的开创者——初唐四杰

　　如果将几千年的中国诗歌史比作一首交响乐，那么，唐诗则是其中最为华丽的一章，而拉开唐诗大幕的是四颗光辉闪耀的新星——王勃、骆宾王、杨炯、卢照邻，文学史上称他们为"初唐四杰"。他们的诗歌，从宫廷走向人生，题材广泛，风格清俊，为五言律诗奠定了基础，并把七言古诗推向了成熟阶段，为盛唐之音的到来做出了不可磨灭的贡献。

# 一、初唐四杰概述

古典诗歌发展到唐代，进入了创作的高峰期，仅《全唐诗》所收录的诗词作品就达四万八千九百多首，诗人二千二百余人，共计九百卷。在这浩繁诗卷中，享有盛名的大诗人如璀璨繁星，光芒四溢，充分展现了盛唐文化的繁荣景象。唐代多种风格的诗词或流派宛如盛开的百花园，无论是题材、内容还是诗词体制，都表现了我国诗歌在创作上已经全面成熟，展示了盛唐文化与盛唐政治、经济的交相辉映，正可谓盛世空前。

## （一）初唐四杰兴起的时代背景

从唐高祖武德元年到唐睿宗延和元年（618—712 年）这一阶段。唐诗首先大胆突破了六朝后期诗作大多束缚于玄言、山水、宫体，或抒写个人失意苦闷的狭小范围，开始探索社会深层阶级矛盾，反映王朝政事、民族矛盾及地方战乱，折射了该时代边疆各少数民族的风俗，都市生活同田园风光，以及礼教、门第、爱情、婚姻等情况，其涵概之广、表现之深，前所未有。特别是封建经济和政治的伟大变革，把庶族寒门推到历史前台，使其成为政治生活最积极、最活跃的力量，也成为唐诗的主要创作群体。同时唐诗的繁荣同该时代社会思想解放关系密切。唐代统治者对意识形态的控制相对宽松，对儒、释、道各派思想兼容并蓄，甚至有时还允许和鼓励官僚和士绅们对时政展开批评，这对于解除时人的思想束缚、促进诗歌创作的自由发挥，起到了积极的推动作用。

## （二）初唐四杰的主要历史贡献

王勃、骆宾王、杨炯、卢照邻等是初唐中后期很有才华的诗文作家。四人

才名早享，在青少年时代既获"四杰"美誉。

"初唐四杰"对唐诗的贡献主要有两方面：首先，他们是勇于改革齐梁浮艳诗风的先驱。唐太宗喜爱宫体诗，所写的诗作带有较明显的齐梁宫体诗的痕迹。大臣上官仪秉承陈、隋的遗风，风靡一时，朝廷上下争相效法，时称"上官体"。然而就在这齐梁形式主义诗风占统治地位，唐诗创作即将走上歧路之时，王勃首先起来反对，其他三人也随之响应，他们一起勇敢地投入到反对"上官体"的诗歌创作活动中来，把诗歌从狭隘的宫廷中解放出来，还给了市井，使其为民众所喜闻乐见。

其次，四杰为五言律诗的进一步发展奠定了基础，使七言古诗发展成熟。五言律诗在四杰前已经出现，如初唐诗人王勃的叔祖王绩等就曾作过努力，但作品不多。到了四杰之时，五律的创作形式得到了充分发挥，并且在其作品中逐渐得到固定。五言古诗在三国时期以后盛极一时，而七言古诗却在唐代得以发展成熟。四杰以大量的优秀诗作将七言古诗推向了成熟阶段。

### （三）初唐四杰主要代表作品及名次

主要代表作品：王勃的《滕王阁序》《送杜少府之任蜀州》和著作《王子安集》；杨炯的《从军行》；卢照邻的《长安古意》《卢升之集》《幽忧子集》等；骆宾王的《咏鹅》《在狱咏蝉》《于易水送人》及著名的《讨武曌檄》等，作品集《临海集》等。

有关四杰名次，记载不一。宋之问《祭杜学士审言文》说："复有王杨卢骆"，并以此次序最早论列了四人。而张说《赠太尉裴公神道碑》则记载有"在选曹，见骆宾王、卢照邻、王勃、杨炯"，则以骆宾王为首。大诗人杜甫在诗词界影响巨大，其《戏为六绝句》曾有"王杨卢骆当时体"的著名诗句。尽管后

3

来他也曾有"杨王卢骆"的评价，但前一个评价对后世诗词界判定四杰的名次影响巨大。所以，尽管《旧唐书·裴行俭传》一度亦以杨王卢骆为序，但到了《旧唐书·杨炯传》则说："杨炯与王勃、卢照邻、骆宾王以文诗齐名，海内称为王杨卢骆，亦号为'四杰'。"杜甫的评价终成影响后世对四杰名次定论的根据。

### （四）初唐四杰的各自特点及历史局限性

杨炯《王勃集序》反映王勃明确反对当时"上官体""思革其弊"的果敢行动，并得到卢照邻等人的大力支持。卢、骆的七言歌行趋向辞赋化，气势稍壮；而王、杨的五言律绝开始逐步规范化，音调铿锵得体。显然他们在唐初的各体诗歌上已经各显千秋，其诗风的犀利和清新得到世人的肯定。四杰的诗文虽已初步扭转文学风气，但其局限性还在于并未彻底脱离齐梁以来绮丽余习。

# 二、王勃的诗词创作概况

## （一）王勃的家庭出身及历史背景

王勃，字子安，绛州龙门（今山西河津）人，曾任虢州参军。青春年少时，心高气傲的他写下骈文《滕王阁序》，堪称我国古典文学中的重要名篇。据说他写文章之前，把笔墨纸砚准备好，然后一挥而就，不改一字，时人称为"腹稿"。他的诗清新自然，如有名的"落霞与孤鹜齐飞，秋水共长天一色"等就有如奇花异草，点缀在诗歌幽静而清新的峡谷中，令人百读不厌。

王勃祖父王通为隋末著名学者，号文中子，其父王福畤曾历任太常博士、雍州司功等职。王勃才华早露，未成年即被司刑太常伯刘祥道赞为神童，向朝廷表荐，被授朝散郎。乾封初（666年）王勃为沛王李贤征为王府侍读，两年后因戏作《檄英王鸡》文，被高宗怒逐出府，随即出游巴蜀。咸亨三年（672年）王勃补虢州参军，又因擅杀官奴当诛，遇赦除名，其父亦受累贬为交趾令。上元二年（675年），王勃南下交趾探父，渡海时连带家中七人不幸溺水，惊悸而死，年仅28岁。

## （二）王勃的代表作品

王勃生活在唐高宗时期。这时期的唐王朝经过"贞观之治"和"永徽之治"，政治上逐步安定，经济上逐步繁荣。但是，包括诗歌在内的文学发展往往落后于社会现实。"上官体"正占领着初唐的诗坛。王勃自觉承担改革诗风的重任，他在23岁时作的《上吏部裴侍郎启》中疾呼："天下之文，靡不坏矣。"同时，王勃推崇两汉、魏、宋的诗风，对齐梁诗风持菲薄的态度。他不仅呼吁要改变诗风，而且还身体力行，把诗歌的内容从台阁移向了江山，并且面对诸多社会问题，抒发强烈思想情感，使自己的诗作显露出积极向上的精神风貌。

《滕王阁诗序》尤其写得气势雄放，是一篇绝世之笔。

滕王阁诗序

豫章故郡，洪都新府。星分翼轸，地接衡庐。襟三江而带五湖，控蛮荆而引瓯越。物华天宝，龙光射牛斗之墟；人杰地灵，徐孺下陈蕃之榻。雄州雾列，俊采星驰，台隍枕夷夏之交，宾主尽东南之美。都督阎公之雅望，棨戟遥临；宇文新州之懿范，襜帷暂驻。十旬休假，胜友如云；千里逢迎，高朋满座。腾蛟起凤，孟学士之词宗；紫电青霜，王将军之武库。家君作宰，路出名区；童子何知，躬逢胜饯。

时维九月，序属三秋。潦水尽而寒潭清，烟光凝而暮山紫。俨骖騑于上路，访风景于崇阿。临帝子之长洲，得先人之旧馆。层台耸翠，上出重霄；飞阁流丹，下临无地。鹤汀凫渚，穷岛屿之萦回；桂殿兰宫，列冈峦之体势。

披绣闼，俯雕甍，山原旷其盈视，川泽纡其骇瞩。闾阎扑地，钟鸣鼎食之家；舸舰迷津，青雀黄龙之舳。云销雨霁，彩彻区明。落霞与孤鹜齐飞，秋水共长天一色。渔舟唱晚，响穷彭蠡之滨；雁阵惊寒，声断衡阳之浦。

遥襟甫畅，逸兴遄飞。爽籁发而清风生，纤歌凝而白云遏。睢园绿竹，气凌彭泽之樽；邺水朱华，光照临川之笔。四美具，二难并。穷睇眄于中天，极娱游于暇日。天高地迥，觉宇宙之无穷；兴尽悲来，识盈虚之有数。望长安于日下，目吴会于云间。地势极而南溟深，天柱高而北辰远。关山难越，谁悲失路之人？萍水相逢，尽是他乡之客。怀帝阍而不见，奉宣室以何年？

嗟乎！时运不济，命运多舛。冯唐易老，李广难封。屈贾谊于长沙，非无圣主；窜梁鸿于海曲，岂乏明时？所赖君子安贫，达人知命。老当益壮，宁移白首之心？穷且益坚，不坠青云之志。酌贪泉而觉爽，处涸辙以犹欢。北海虽赊，扶摇可接；东隅已逝，桑榆非晚。孟尝高洁，空余报国之情；阮籍猖狂，岂效穷途之哭！

勃，三尺微命，一介书生。无路请缨，等终军之弱冠；有怀投笔，慕宗悫之长风。舍簪笏于百龄，奉晨昏于万里。非谢家之宝树，接孟氏之芳邻。他日趋庭，叨陪鲤对；今兹捧袂，喜托龙门。杨意不逢，抚凌云而自惜；钟期既遇，奏流水以何惭？

呜呼！胜地不常，盛筵难再。兰亭已矣，梓泽丘墟。临别赠言，幸承恩于伟饯；登高作赋，是所望于群公。敢竭鄙诚，恭疏短引。一言均赋，四韵俱成。请洒潘江，各倾陆海云尔！

滕王高阁临江渚，佩玉鸣鸾罢歌舞。

画栋朝飞南浦云，珠帘暮卷西山雨。

闲云潭影日悠悠，物换星移几度秋。

阁中帝子今何在？槛外长江空自流。

文中作者先写时令——时、序；再续秋景——潦水、烟光；再到人——俨骖、访风景、临、得；然后写滕王阁建筑的高——层峦、飞阁；最后写滕王阁周围的自然环境——鹤汀凫渚、桂殿兰宫。

序后诗显然是该序的高度浓缩和阐发。首联写滕王阁的位置和现状，颈联则交代滕王去后滕王阁的冷落。三联则写"闲云潭影日悠悠，物换星移几度秋"，作者对可爱的"闲云""潭影"作以无限赞赏，然而在赞赏之余，诗人似乎又不免感叹万物好景不长，荣华易逝。尾联则表现作者沉郁难解的感情和愤事而不平的心境。这里既有对历史变迁、时光易逝的慨叹，也包含着对自己怀才不遇的极大愤懑之情。但诗中没流露出诗人过多的悲观之情，诗人所抒发的年华易逝、怀才不遇之感叹，实为作者极欲创造新生和期盼自己有所作为的心声。

滕王阁位于江西南昌西北，赣江东岸，与湖南岳阳楼、湖北黄鹤楼并称江南三大名楼。公元 653 年李渊第二十二子、太宗李世民之弟滕王李元婴任洪州都督时所建。唐高宗上元二年（675 年）恰逢九九重阳登高佳节，都督阎伯屿携文武官员欢宴于滕王阁。王勃因赴交趾省亲探父，乘船路过马当（今彭泽县）遇阻，后竟借风力相助，日行七百里到达南昌，恰逢受邀参加阎都督为滕王阁重修竣工所设盛宴。酒兴正酣，阎都督邀请诸位嘉宾行文赋诗以纪盛宴之况。其实阎公内心极想让略具诗名的女婿孟学士好生展露一番，而且孟学士也早已准备妥当，只等阎公吩咐便要当众吟咏，所以此刻在座所邀诸公均心知肚明，阎公所让之处都再三谦让，不肯表现。但让至末座王勃时，王勃不明其中原委，踌躇一下便应允了，一时令得满座愕然。逢此千载盛宴，只见王勃端坐于书案之上，神情凝注，手拈墨碇缓慢研磨。众宾见王勃如此不紧不慢，等待中似乎又有些看笑话的劲头，于是纷纷登阁赏景只等小吏随时通报。许久，小吏来报第一句"豫章故郡，洪都新府"，阎都督听后仍觉此乃老生常谈，平淡无奇；稍又隔时许，小吏又报"星分翼轸，地接衡庐"，阎都督此际则默不言语；最后小吏又报"落霞与孤鹜齐飞，秋水共长天一色"，阎都督听罢称赞此乃天才之笔，急忙令众人返阁开怀畅饮，尽欢而散。此次盛宴，因这段佳话而名垂中国文史。

可想王勃在阎某提议之初，尽管有人称他此举不谙事故。然王勃就是在遭到无情贬斥之时，在这当朝名流官僚士人盛会之所，来番成事在胸的"激愤"一博。这种无我的举动，恰恰奠定了这一诗文格调高昂、气势雄放、新颖健康的基调。

从诗坛的地位来看，王勃位居四杰之首，在诗文的造诣上则更胜骆宾王一筹。人们所广为传颂的佳作为其一文一诗。文即《滕王阁序》，而诗则为诗人流落长安时期所作《送杜少府之任蜀州》：

城阙辅三秦，风烟望五津。

与君离别意，同是宦游人。

海内存知己，天涯若比邻。

无为在歧路，儿女共沾巾。

大抵话别知己，都好吟咏抒发离别之愁绪。但王勃的这首送别诗，虽有惜别之意，却意境广阔，气势豪迈，以"海内存知己，天涯若比邻"来表达朋友分别虽然天各一方，但不必悲伤的乐观精神。王勃的祖父王通乃隋朝末年大儒，据说房玄龄、杜如晦等人在入相前都曾师从于他；叔祖王绩也是闻名遐迩的山水诗人。少年王勃似乎更显天资聪颖，6岁善文辞，9岁读颜师古注《汉书》，作《汉书指瑕》。9岁的孩子，不仅能读古书，且能写得《汉书指瑕》这样的文章，直指当年硕儒颜师古关于注解中的错谬之处，这在当时，不啻石破天惊之举，被视为"神童"。王勃17岁时被授为朝散郎。沛王李贤听说王勃奇才，几次派人邀约，将他招入到府中，聘为修撰，专门负责编书草文。

《送杜少府之任蜀州》是王勃初仕于长安时的作品，格调高昂，情感浓烈，充满着青春勃发的活力。"海内存知己，天涯若比邻"更是世代

唐宋散文与诗词

相传的历史佳句。

首联"城阙辅三秦，风烟望五津"点出送别地点长安，友人赴任地方西川。从繁华的京都向西南方远望，只看烟尘雾霭迷漫，引人遐想。在"风烟"后"五津"前置一"望"字，字里行间使句势流走得气韵流长。

颔联"与君离别意，同是宦游人"描写了挚友间的依依惜别之情。诗人向朋友倾诉说："我心中的苦涩和你一样。可我们都是漂泊在外求功名的人，岂能不四处游走呢！"

颈联"海内存知己，天涯若比邻"气势宏放，赞颂了人间坚不可摧的友谊。知音者心相通，千山万水难阻拦。这极其富哲理的深情诗句，闪烁着永不磨灭的光辉，使诗人与挚友间的感情得到升华，引起世人的共鸣。这首诗既化用曹植《赠白马王彪》诗"丈夫志四海，万里犹比邻"而出，但更流畅更大气。

尾联"无为在歧路，儿女共沾巾"，是说诗人在临别之际，岂应带有儿女私情，哭啼不止，非男子汉大丈夫所为！"共沾巾"三字则深刻表示出双方感情的深厚，难以割舍。

这首五言律诗，平仄协调，对仗工稳。颔联采用流水宽对，更显自然洒脱。全篇句句叙事，而又句句带情。诗人以朴实、精练的语言，表达出真实、自然、亲切、豪爽的感情。

除了歌颂功业抱负之作外，诗人另一首离别之作也颇具特色。如：

**别薛华**

送送多穷路，遑遑独问津。

悲凉千里道，凄断百年身。

心事同漂泊，生涯共苦辛。

无论去与住，俱是梦中人。

唐乾封元年（666年），王勃17岁，进入沛王府任修撰，奉命撰写《平台秘略》。写完后沛王十分赏识，赏帛50匹。据《旧唐书·王勃传》载，总章二年（669年），"诸王斗鸡，互有胜负，勃戏为檄英王鸡文。高宗览之，怒曰：

'据此，是交构之渐。'即日斥勃，不令入府。"此时王勃年仅 20 岁。其心情在《夏日诸公见寻访诗序》中流露："天地不仁，造化无力，授仆以幽忧孤愤之性，禀仆以耿介不平之气。顿忘山岳，坎坷于唐尧之朝，傲想烟霞，憔悴于圣明之代。"被逐出王府后他一腔悲愤，同年五月便离长安南下入蜀，客居剑南两年多。他遍游汉、剑、绵、益、彭、梓等地。《别薛华》即是根据此次游历见闻所写。

这首送别诗的色彩、风格和《送杜少府之任蜀州》大相径庭，原因在于生活环境的变化。有人说《王子安集》中有一篇《秋夜于绵州群官席别薛升华序》，有可能是这首《别薛华》诗的序。从诗中可推断出，诗人与薛华在绵州相逢，很快又分手，于是在一个清秋夜晚为送别薛华作下这首痛彻肺腑的作品。

首联"送送多穷路，遑遑独问津"，是以事写情，又以情生景。两句诗描绘出人生凄惶失意的场面。"穷路"借阮籍和李固的典故，有"守死善道者，滞洇穷路"的意思。阮籍当年所以穷途而哭，是想躲避迫害，时常独自驾车而行，走到绝路方痛哭而返。李固之所以"滞洇穷路"，正因为他"守死善道"，屡次上疏直陈外戚、宦官擅权的害处，后来被梁骥诬告，招杀身之祸。诗人以阮、李自比，含蓄地表明：正直耿介之士，往往很难被当权者所容。"遑遑"也不只在形容凄惨面貌，兼取宋玉《九辩》中"众鸟皆有所登栖兮，凤独遑遑而无所集"的含义，借以寓意自己像凤凰一样清高，而不愿像凡鸟一样随处栖息。

颔联"悲凉千里道，凄断百年身"分别承接首联中"穷路""问津"，进一步具体描写道路的险与远，设想未来，抒发情怀。手法虚实相生，语义双关。诗人既为朋友颠沛流离于里道上而感伤，又自伤其远在千里之外的异乡。眼前道路崎岖漫长，展望未来满目悲凉，前程暗淡。这是诗人入仕三年来，对社会现实的真切感受，从心底发出的深沉慨叹，说明了年轻的诗人虽然沮丧但没有绝望。

诗的颈联写道："心事同漂泊，生涯共苦辛"意思是他们心中所期望的事业、建立功勋的志向与抱负，只能与船只一同前进，随风浪漂泊不定。王勃《春思赋序》中写道："咸亨二年，余春秋二十有二，旅居巴蜀，浮游岁序，殷忧明时，坎壈禀圣代。此仆所以抚穷贱而惜光阴，怀功名而悲岁月也。"可见他的

唐宋散文与诗词

"悲"是因为"怀功名"仕途正满风帆全速前进之际遭到贬弃而难以实现，理想与现实矛盾，希望、失望交织在一起。

尾联"无论去与住，俱是梦中人"，上句承诗题中的"别"字，下句直抒惜别之情。从字面看，诗可以理解为王勃对朋友的安慰，表示无论走到天涯海角都会永远相忆。另外，"俱是梦中人"包含有命运难测之意，彼此都由不得自己，意味深长。

采莲曲

采莲归，绿水芙蓉衣。秋风起浪凫雁飞，桂兰桡下长浦，罗裙玉腕轻摇橹。叶屿花潭极望平，江讴越吹相思苦。相思苦，佳期不可驻；塞外征夫犹未还，江南采莲今已暮。今已暮，采莲花，渠今那必尽倡家。官道城南把桑叶，何如江上采莲花？莲花复莲花，花叶何稠叠；叶翠本羞眉，花红强似颊。佳人不在兹，怅望别离时。牵花怜共蒂，折藕爱连丝。故情无处所，新物徒华滋。不惜西津交佩解，还羞北海雁书迟。采莲歌有节，采莲夜未歇。正逢浩荡江上风，又值徘徊江上月。徘徊莲浦夜相逢，吴姬越女何丰茸！共问寒江千里外，征客关山路几重。

上元二年（675 年），王勃前往交趾探望父亲工福峙时，在江南途中写下的这首《采莲曲》。莲即荷花，诗歌通过对采莲女子的形象塑造和心理刻画，表现出她们对征夫的深切思念和无限幽怨。诗人热情赞美和平、宁静生活，对劳动人民所遭受的战争苦难深表同情。

短小开头"采莲归，绿水芙蓉衣"，采取倒叙手法，先展现的是事情的结尾。采莲归来水湿衣裙，梁元帝的《采莲曲》曾写道："莲花乱脸色，荷叶杂衣香。""绿水芙蓉衣"浮现在读者眼前的不正是采莲女面如莲花，衣杂荷叶香的生动画面吗？

从"秋风起浪凫雁飞"句起，到"还羞北海雁书迟"句止，为诗的叙事部分。首先"秋风起浪凫雁飞，桂棹兰桡下长浦，罗裙玉腕轻摇橹"点出了时间、地点和人物。在秋风吹起层层浪花的溪流里，采莲女子驾着小舟轻盈地向莲塘驶去，受惊的野鸭、雁儿阵阵飞起。生活如平静的水面般美好，其实那"秋风起浪凫雁飞"已激起她内心情感的涟漪。"叶屿花潭极望平，江讴越吹相思苦。

相思苦，佳期不可驻；塞外征夫犹未还，江南采莲今已暮"，为第二个层次，先写采莲女子极目远眺，只见绿叶红花，好一派"接天莲叶无穷碧，映日荷花别样红"的景象！这景致与从前一样，物是人非，岂能不令人感慨！舟儿渐行渐近，莲塘里飘来歌曲声，越来越清楚，声声诉的尽是相思之苦。

　　"塞外征夫犹未还"，此间"犹"字颇具分量，表达了与丈夫离别之久思念欲切、怨介之深邃。"江南采莲今已暮"，既写实也兼含比兴，意为光阴易逝，就像采莲，转瞬间黄昏就来到一般，形容人生短暂。通过对采莲女相思苦的描述，揭开和平宁静生活的表象下，劳动人民悲苦的一面。"今已暮，采莲花，渠今那必尽倡家。官道城南把桑叶，何如江上采莲花"，这是第三层，写采莲女子对征夫表白忠贞的爱情和宽慰征夫的。她虽被思念所折磨，性格却豁达、坚强。第四层"莲花复莲花，花叶何稠叠；叶翠本羞眉，花红强似颊"是写采莲女将自己与花相比。荷花开得那么稠密，并蒂莲且有绿叶相伴，而自己却形单影只。荷叶虽翠但怎比自己的秀眉，荷花虽红但怎赛过自己的面颊，完全陷入对自己美貌的自我欣赏和陶醉中。"女为悦己者容"，人虽美却无人欣赏，于是在欣赏与陶醉之中，悲苦、懊悔与之俱到。最后"佳人不在兹，怅望别离时。牵花怜共蒂，折藕爱连丝。故情无处所，新物徒华滋。不惜西津交佩解，还羞北海雁书迟"，是写采莲女子叹息自己红颜不能长驻，自矜青春美貌，自怜形单影只，不由得更加惆怅和感伤。忆当年"牵花怜共蒂，折藕爱连丝"的桑榆美景，如今以往那甜情蜜痕已经难觅，眼前一片新的花枝，物景移而心却依旧。"不惜西津交佩解"，反用郑交甫遇仙女的典故，说明虽然饱受相思，自己与征夫的爱情至今无悔。诗中对丈夫的迟迟无信，实感不满。但她又不忍责备，只说"北海雁书迟"，典出苏武，意谓路途遥远，音书不顺。她们是远离丈夫，抱着美好的希望耐心地苦苦等待着，足见采莲女的内心光明、淳朴、善良。

　　"采莲歌有节，采莲夜未歇。正逢浩荡江上风，又值徘徊江上月。徘徊莲浦夜相逢，吴姬越女何丰茸！共问寒江千里外，征客关山路几重。"结尾前四句描写秋夜江畔莲塘的景色。后四句着力描写客与众莲女的相遇，眼见她们互询对方征夫的倾心。最后刻意展现的还是那装扮漂亮的采莲女子，掌控舟楫欲还，但诗人揭示的今宵良夜，等待她们的却仍是自己的那座空房！

　　这首诗华美的言辞、亮丽的音节、复沓的旋律，完美地表现了诗歌的内容。毛先舒《诗辩坻》评："王子安七言古风，能从乐府脱出，故宜华不伤质，自然高浑矣。"其结尾构思精巧，笔力独到，诗人既善于描绘典型形象，又巧于进行高度艺术概括，使诗歌所反映的社会问题既深又广。明张逊业《校正王勃集序》曰："王子安富丽径捷，称罕一时，赋与七言古诗，可谓独步。"

### （三）　王勃诗作的历史影响

　　王勃诗文有咏志壮怀之作，也有对送别离情的刻画，还有描述边疆苦难歌歌咏山水人物的篇章。

　　就王勃文学成就而论，王勃诗词对唐诗的发展由初唐到盛唐时期的鼎盛起到了承前启后的作用，以王勃《滕王阁序》为例。其中的名句"落霞与孤鹜齐飞，秋水共长天一色"，脱胎于庾信《马射赋》中"落花与芝盖同飞，杨柳共春旗一色"，然王勃的意境要高于庾信。

　　《滕王阁序》中警策句、华采句也各有特色。有的语句是直接概括，如："物宝天华，龙光射牛斗之墟；人杰地灵，徐孺下陈蕃之榻。"前句高度地概括了江赣繁华富庶；后句形象地说明了南昌人才济济。有的语句是表面对立而意思连贯，如："老当益壮，宁移白首之心；穷且益坚，不坠青云之志"中的"老当益壮"和"穷且益坚"，就是把"老"和"壮"，"穷"和"坚"这两个对立面，从相反相成中统一起来，突出了"贫贱不能移"的美好节操，给人启迪。此外，如"东隅已失，桑榆未晚"也是如此。通常"东隅"已失，则"桑榆"必晚，而王勃却出人意料地提出了"桑榆未晚"，表明了虽身处逆境但不悲观的态度。《唐才子传》记载："勃欣然对客操觚，顷刻而就，文不加点，满座大惊。"可见，王勃创作《滕王阁序》的过程，开了一个当场奉献巨篇而不修琢一句的先例。真乃诗文故事传天下，王勃构思文才不一般。

## （四）有关王勃的历史争论

关于王勃的生卒年至今尚有歧说。杨炯《王勃集序》说王勃于唐高宗上元三年（676年）卒，年28岁。据此，王勃应生于唐太宗贞观二十三年（649年）。而王勃《春思赋序》载："咸亨二年（671年），余春秋二十有二。"据此推算，则当生于高宗永徽元年（650年）。此为王勃自述，当可信，所以现在大多数学者认为王勃生于永徽元年（650年），卒于上元三年（676年），生年27岁。

# 三、杨炯的诗词创作概况

## （一）杨炯的家庭出身及历史背景

杨炯（650—约695年），初唐著名诗人，弘农华阴（今陕西华阴）人。于显庆四年（659年），10岁被举为神童，待制弘文馆。上元三年（676年），27岁应制举及第，补校书郎，累迁詹事司直。高宗永隆二年（681年）充崇文馆学士，迁太子詹事司直。他恃才傲物，因讥刺朝士的矫饰作风而遭人忌恨获谗被贬，有武后垂拱元年（685年）坐从祖弟杨神让参与徐敬业起兵，出为梓州司法参军。天授元年（690年），杨炯任教于洛阳宫中习艺馆，并于如意元年（692年）秋后迁婺州盈川令。杨炯吏治以严酷著称，卒于官，世称杨盈川。

杨炯以边塞征战诗著名，所作如《从军行》《出塞》《战城南》《紫骝马》等，表现了拼战在沙场的将士为国立功的战斗精神，气势轩昂，风格豪放。张说谓曾评价杨炯"文思如悬河注水，酌之不竭，既优于卢，亦不减王"。《旧唐书》本传盛赞杨炯的作品《盂兰盆赋》"词甚雅丽"，《四库全书总目》则认为"炯之丽制，不止此篇"，并称杨炯的诗作"词章瑰丽，由于贯穿典籍，不止涉猎浮华"。杨炯所作《王勃集序》，对王勃改革当时淫靡文风的诗词创作实践，评价很高，反映了"初唐四杰"有意识地改革当时文风而做出的诸多努力。海内称"初唐四杰"，名序为"王、杨、卢、骆"，杨炯自谓"愧在卢前，耻居王后"，当时议者亦以为然。现存杨炯的诗有33首，五律居多。

唐武则天如意元年（692年），杨炯到盈川（今浙江衢州）任首任县令。传杨炯爱民如子，恪尽职守。每年农历六月初一，都要到附近二十八都（相当于行政村）六十八庄（相当于自然村）巡视。杨炯巡到之处多为粮丰畜旺，百姓身体健康，他也因此深得百姓爱戴。695年，盈川发生罕见大旱，庄稼枯焦，杨炯心急如焚。当年农历七月初九，杨炯仰天长叹："吾无力求盈川百姓于水火，枉哉焉！"于是为求雨水，他纵身跳入枯井，以身殉职。

## （二）杨炯的代表作品

### 从军行

烽火照西京，心中自不平。

牙璋辞凤阙，铁骑绕龙城。

雪暗凋旗画，风多杂鼓声。

宁为百夫长，胜作一书生。

唐初，突厥等少数民族对边境地区的不断骚扰，成为我国西北安全最大隐患。许多爱国志士为国分忧，踊跃从军，加入保疆卫国的战斗行列。这首从军行，描写一个读书士子从军边塞、参加战斗的全过程。仅四十字，既揭示出人物的心理，又渲染了环境气氛，笔力极其雄劲。

据《旧唐书·高宗纪》载："永隆二年（681 年），突厥寇原庆等州（今甘肃固原、庆阳一带地区）遣礼部尚书裴行俭率师讨突厥温傅部落。"当时正值杨炯充崇文馆学士，升迁太子詹事司直不久，《从军行》借此抒发了他对温傅部落疯狂进唐犯边的愤慨之情，显示出诗人杀敌报国的爱国主义精神和大无畏的英雄气概。

前两句"烽火照四京，心中自不平"写边报传来，激起了志士的爱国热情。诗人并不直接说明军情紧急，却说"烽火照西京"，通过"烽火"这一形象化的景物，把军情的紧急表现出来。一个"照"字渲染了紧张气氛。"心中自不平"，是由烽火而引起的，国家兴亡，匹夫有责，他不愿再把青春年华消磨在笔砚之间。一个"自"字，表现了书生那种由衷的爱国激情，写出了人物的精神境界。首联二句，交待整个事件展开的背景，诗歌运用夸张手法，囊四海于胸，笼千里于咫尺，形象逼真地写出了战事逼近而急迫的形势。

第三句"牙璋辞凤阙"，描写了军队辞别京师的情景。"牙璋"是皇帝调兵的符信，分凹凸两块，掌握在皇帝和主将手中。"凤阙"为皇宫代称。诗人用"牙璋""凤阙"两词，略显典雅、

稳重，表达了出征将士崇高的使命感和出师场面的隆重与庄严。一个"辞"字，简洁精当地描写了出征将士慷慨激昂的阵容。

第四句"铁骑绕龙城"，显然唐军已经神速地到达前线，并把敌方包围得水泄不通。"铁骑""龙城"相对，渲染出龙争虎斗的战争气氛。其中"铁骑"两字显示出唐军的强大。那一"绕"字，则形象地刻画了唐军迅猛抄袭顽敌的气势，使人顿觉有如雄兵天降，敌人插翅难飞。

接下来两句"雪暗凋旗画，风多杂鼓声"开始写战斗场面，重点勾勒出唐军不畏苦寒征战疆场的画面。大雪飞扬，遮天蔽日，旗帜上的彩画在风雪交加中变得模糊难辨，但将士们尽管冰雪凝甲，仍然顶着呼啸的北风擂响战鼓、奋力拼杀。后句"风多杂鼓声"是从人的听觉出发，狂风呼啸与雄壮的进军鼓声交织在一起。两句诗真乃"有声有色，各臻其妙"。

最后两句"宁为百夫长，胜作一书生"，直接抒发从戎书生保边卫国的壮志豪情。艰苦激烈的战斗，更增添了他对这种不平凡的生活的热爱，他宁愿驰骋沙场，为保卫边疆而战，也不愿作置身书斋的书生。这首尾遥相呼应，言志抒怀。我们发现杨炯的人生比之那些一味投机取巧、舍义逐利，置国家民族利益于不顾的人来说，的确有着天壤之别。

## 战城南

塞北途辽远，城南战苦辛。

幡旗如鸟翼，甲胄似鱼鳞。

冻水寒伤马，悲风愁杀人。

寸心明白日，千里暗黄尘。

《战城南》是作者一生中比较重要的一首五言律诗。诗歌以征战者的口吻讲述了远征边塞的军旅生涯。

首联以对句开起，开门见山地交待了战争的地点，仿佛画家的神笔挥毫泼墨抹出一幅塞外滚滚黄沙、广袤的草原暗无边际的边塞防御背景。对句切题，正面描叙战争场景，暗寓"战城南，死郭北，野死不葬乌可食"的悲壮场面。

颔联用近似白描的手法描绘战场的景象：战旗猎猎，盔明甲亮，刀光血影隐隐可见。排比点缀手法将作战阵式写得极有气势，不但写出了军队的威武，而且写出了士兵的斗志，使读者从那古老苍劲的诗句里，触摸到诗人所描绘的主人公脉搏激剧地跳动。

然而就战场上生死攸关之际，征人的心境则略显复杂。在一阵冲杀之后，作者感慨也随之而来，因此颈联自然地转入抒情叙述。"冰水寒伤马"，化用陈琳《饮马长城窟行》诗句"饮马长城窟，水寒伤马骨。往谓长城吏，慎莫稽留太原卒"。表面上在写战马，实则在描写征人，巧妙地表达了边塞的苦寒。"悲风愁杀人"，则化用宋玉"悲哉秋之为气也"，进一步直抒胸臆，表达敌人发动进攻的人高马壮的场景。然而，秋风凛冽，塞外草衰，一派萧瑟之气，也何曾想到征人倍添离家的种种思乡怀家的无奈和愁绪。这联诗与后来大宋延边守将范仲淹的《渔家傲·秋思》的格调近似，真实地反映了广大塞外将士的思想和情绪，也是诗人思想倾向的流露。

最后以景作结，"千里暗黄尘"，既是描绘大漠黄沙的自然景色，也用以渲染战争的惨烈。征尘千里遮天蔽日，然而征臣壮士的心中却充满了希望。"寸心明白日"，随手拣来，精微势妙，语言新颖，内涵丰满，形象地表达了边塞征人光明磊落的内心世界。

作者的离别诗词也并非逊色。请见：

### 夜送赵纵

赵氏连城璧，由来天下传。

送君还旧府，明月满前川。

《夜送赵纵》是一首送别诗，但却写得别致新颖。正如清人毛先舒在《诗辩坻》里所指出的："第三句一语完题，前后俱用虚境。"诗的情意真挚，神韵绰约，极臻妙境。

首句以比起兴，"赵氏连城璧"是诗人以国之瑰宝和氏璧比喻赵纵的品貌。次句"由来天下传"，借美玉的名传天下，进一步比喻赵纵的名

气，他是名声远播四海之内的。这是杨炯借助他人之口表达自己的心意，委婉地称赞朋友，仰慕之情由衷而发。第三句"送君还旧府"，这本来是平铺直叙，但力托全诗，可举千斤。照应首句寓意深邃，写到这里，"完璧归赵"的主题立意呼之而出。从诗中可以推测赵纵是一位德高望重的名士，大概因仕途失意，辞归故里。在诗人眼中，他是远离尘嚣、冰清玉洁的"完璧归赵"。"送君还旧府"这句近似白话却是点睛之笔，它使前面的喻句有脚可落，也使后面景句总有依托，充分表达主题，使诗人对友人的同情、抚慰、称颂、仰慕之情得以淋漓尽致地展现。"明月满前川"，纯为描写景物。诗句交待送别的时间在明月当空的夜晚，地点是在奔流不息的大河边。当友人张帆远离后，诗人伫立遥望，清冷的月光洒满大地，空旷孤寞之意袭人而来。

结语真实地表达出诗人送别故人后的深切感受：惆怅、虚渺。但他又庆幸朋友"完璧归赵"隐退故里，流露出憎恶官场、甚至逃避现实的情绪。

### （三）杨炯诗作的历史影响

杨炯与王勃同龄，也同样聪明。小小年纪就考上了神童举，后来又考中进士。本为东宫太子服务，曾经呈献过一篇很有影响的《公卿以下冕服议》。当朝大儒薛元超很赏识其人文字，三十出头聘调杨炯为崇文馆的学士，正可谓春风得意。然而倒霉事却如霜陡降。杨炯堂弟杨神让参与徐敬业起兵，使杨炯不可避免地受了牵连而贬离京城，独自出任遥远梓州。作者途景甚优，途经三峡，还作诗几首。其文气势虽如宏，华章之至，但其内心中，却由于间接的政治牵连，莫名失官，心境之差不言而喻。五年后，或才堪可用，或朋友提携，又回洛阳宫习艺馆授课。"每见朝官，目为麒麟楦"，人家问他，怎么像麒麟楦呢？他回答说："哪里是麒麟，只不过是一头驴子。刻画头角，修饰皮毛，看起来像麒麟，脱了马甲，还是一头驴子。"觉得这话不过瘾，又补了一句："那些没有德行学识的家伙，披着朱紫色的朝服，和驴身覆盖麒麟皮，又有什么区别吗？"管事大人听了，自然会不高兴。所以在回京不过两三年，就又被踢到很远的盈川当了县令。

### （四）有关杨炯的历史争论

对于杨炯说"愧在卢前，耻居王后"，有关王、杨、卢、骆的座次排名不满之言，历史上诗词界对此褒贬不一。该言之意，是说自己排在年龄较大的卢照邻前面，觉得有些不好意思，但名列与之同龄的王勃之后，又心有不甘。其实，历史上王勃的天才文章，能与之比肩的，其时几乎没有。不过，杨炯此间提出一比，实则道出杨炯奋力前援的想法，难免显露其天然的高傲个性。朋友张说对其评价是"杨盈川文思如悬河注水，酌之不竭"，也真实不虚。不过杨炯后亲作《王勃集序》，其行动本身就说明二人关系的实质。杨炯在长篇序言里，对于王勃的精神气质和迸发出的文学光焰给予了无私的褒赏，对王勃没有丝毫的不敬之辞。

# 四、卢照邻的诗词创作概况

## (一) 卢照邻的家庭出身及历史背景

卢照邻，字升之，自号幽忧子，幽州范阳（今北京大兴）人，生于唐贞观中期。自幼好学，十余岁就远下淮南，师从文字学家曹宪学《埤苍》《尔雅》，又随学者王义方学经史等。他学习勤奋，希望"明主以令仆相待，朝廷以黄散为经。及观国之光，利用宾王，谒龙旗于武帐，挥凤藻于文昌"，但事与愿违，才高位卑，不被赏识，一生坎坷，命运多舛。永徽五年（654年），卢照邻不及二十岁，被授任邓王府典签，总管文书之事，很受邓王李元裕赏识。《朝野佥载》记载邓王府中"有书十二车，照邻总披览，略能记忆"。邓王曾对群官说起卢照邻："此郎，寡人相如也。"麟德二年（665年）邓王去世，他离开。不久因事入狱，在他的《狱中学骚体》中记载其事。总章二年（669年），卢照邻离开长安赴新都（今四川新都）尉任上。在蜀期间他与王勃相遇作诗纪念。咸亨四年（673年），卢照邻卧病长安，后迁居阳瞿（今河南禹县）具茨山下，仍坚持写作，著有《幽忧子集》二十卷，现存七卷。与骆宾王一样，卢照邻擅长写七言歌行，他的杰作《长安古意》是初唐七言歌行的代表作之一。卢照邻后来做了几年四川新都县尉，后辞官不干。蜀中曾与郭氏女子相恋，回洛阳又忍受相思之苦。晚年得风疾，境遇悲凉。苦闷中的卢照邻作《释疾文》，其序曰："余羸卧不起，行以十年，宛转匡床，婆娑小室。未攀偃蹇桂，一臂连蜷；不学邯郸步，两足匍匐……覆帱虽广，嗟不容乎此生；亭育虽繁，恩已绝乎斯代。赋命如此，几何可凭！今为《释疾文》三篇，以贻诸好事。"卢照邻哀叹自己一臂伤残，无法攀兰桂之枝；两腿爬行，不学世人时尚之举。天地虽大，难以容纳他一介书生；繁衍生息，时代已经不属于他。他自投颍水而死，时年四十。

## (二) 卢照邻的代表作

### 长安古意

长安大道连狭斜，青牛白马七香车。

玉辇纵横过主第，金鞭络绎向侯家。

龙衔宝盖承朝日，凤吐流苏带晚霞。

百丈游丝争绕树，一群娇鸟共啼花。

啼花戏蝶千门侧，碧树银台万种色。

复道交窗作合欢，双阙连甍垂凤翼。

梁家画阁中天起，汉帝金茎云外直。

楼前相望不相知，陌上相逢讵相识。

借问吹箫向紫烟，曾经学舞度芳年。

得成比目何辞死，愿作鸳鸯不羡仙。

比目鸳鸯真可羡，双去双来君不见。

生憎帐额绣孤鸾，好取门帘贴双燕。

双燕双飞绕画梁，罗帏翠被郁金香。

片片行云着蝉鬓，纤纤初月上鸦黄。

鸦黄粉白车中出，含娇含态情非一。

妖童宝马铁连钱，娼妇盘龙金屈膝。

御史府中乌夜啼，廷尉门前雀欲栖。

隐隐朱城临玉道，遥遥翠没金堤。

挟弹飞鹰杜陵北，探丸借客渭桥西。

俱邀侠客芙蓉剑，共宿娼家桃李蹊。

娼家日暮紫罗裙，清歌一啭口氛氲。

北堂夜夜人如月，南陌朝朝骑似云。

南陌北堂连北里，五剧三条控三市。

弱柳青槐拂地垂，佳气红尘暗天起。

汉代金吾千骑来，翡翠屠苏鹦鹉杯。

罗襦宝带为君解，燕歌赵舞为君开。

别有豪华称将相，转日回天不相让。

意气由来排灌夫，专权判不容萧相。

专权意气本豪雄，青虬紫燕坐春风。

自言歌舞长千载，自谓骄奢凌五公。

节物风光不相待，桑田碧海须史改。

昔时金阶白玉堂，即今唯见青松在。

寂寂寥寥扬子居，年年岁岁一床书。

独有南山桂花发，飞来飞去袭人裾。

这首七言歌行在中国诗歌史上具有划时代的意义，震动当时诗坛。闻一多先生在《宫体诗的自赎》评价说："在窒息的阴霾中，虚空而疲倦，忽然一阵霹雳，接着是狂风暴雨！虫吟听不见了，这样便是卢照邻《长安古意》的出现。这首诗在当时的成功不是偶然的。放开了粗豪而圆润的嗓子。"闻一多生动形象地评价了《长安古意》在诗歌史上的地位和作用，概括地指出了该诗的艺术特征。该诗分四部，每部分若干小层次。从"长安大道连狭斜"到"娼妇盘龙金屈膝"，为第一部分。诗人浓墨重彩，着力铺陈渲染京都长安的繁华市井和统治阶级穷奢极欲的豪华生活。开头十六句如相机般一幅幅地摄下长安的概貌：大街小巷纵横交错，香车宝马川流不息。更有玉辇穿行，金鞭飞扬，来往于巍峨的宫殿、豪华的府宅之间。绿树掩映着亭台楼榭，蜂蝶嬉戏于门旁，鸟语花香。帝都壮丽辉煌，热闹繁忙，一派歌舞升平的繁荣之景。十六句诗中共用了二十多个动词，甚至一句中两个动词连用，如"龙衔宝盖承朝日，凤吐流苏带晚霞""楼前相望不相知，陌上相逢讵相识"，增强了诗句的节奏感，表现出长安富于动感的快节奏。诸如"青牛""白马""玉辇""金鞭""朝日""晚霞""银台""碧树""千门""连甍"等多彩的辞藻，幻化出一幅幅豪华气派、绚丽多姿的图画，令人神往。

接着，诗人把目光转向主人公。一位富家子弟寻花问柳，歌女优伶，攀龙附凤。一方则情意切切："借问吹箫向紫烟，曾经学舞度芳年。得成比目何辞死，愿作鸳鸯不羡仙。"一方则情意绵绵："比目鸳鸯真可羡，双去双来君不见。生憎帐额绣孤鸾，好取门帘贴双燕。"于是双方就有："双燕双飞绕画梁，罗帏翠被郁金香。"连那些歌童舞女也都并非平常人的再现。"鸦黄粉白车中出，含娇含态情非一。妖童宝马铁连钱，娼妇盘龙金屈膝。"这四句诗淋漓尽致地刻画了都市艳冶风情。有无名氏《水调歌头》道："千年一遇圣明朝，愿对君王舞细腰。乍可当熊任生死，谁能伴凤上云霄。"有人则称作者这是借宫词讽喻，并说卢照邻的"得成比目何辞死，愿作鸳鸯不羡仙"妙得此意。可见，卢诗的讽刺意味深藏诗中。

从"御史府中乌夜啼"至"燕歌赵舞为君开"，为第二部分。作者细致刻画长安的夜生活，从深宅豪院直到京郊，各色人物粉墨登场，热闹和放纵程度远胜白日。王孙公子、闾里少年，有人挟弹飞鹰，有人探丸借客，"俱邀侠客芙蓉剑，共宿娼家桃李蹊。娼家日暮紫罗裙，清歌一啭口氛氲"。然而他们的勇武和气派比起皇家的侍卫亲军来则更是小巫见大巫了。"汉代金吾千骑来，翡翠屠苏鹦鹉杯。罗襦宝带为君解，燕歌赵舞为君开。"闻先生评论说："诚然这不是一场美丽的热闹，但这颠狂中有战栗，堕落中有灵性。"

第三部分自"别有豪华称将相"至"即今唯见青松在"，主要描述与揭露权贵们互相排挤、倾轧的丑行。贺裳在《载酒园诗话又编》里称赞说："写豪狞之志，如'意气由来排灌夫'，尚不足奇；'专权判不容萧相'，俨然如见霍氏凌蔑车千秋，赵广汉突入丞相府召其夫人脆庭下。"汉代外戚专政宦官弄权很严重，皇帝有时也无可奈何。"转日回天不相让"，气焰嚣张犯上作乱。"青虬紫燕坐春风"，穷奢极欲竟比豪强。他们"自言歌舞长千载，自谓骄奢凌五公"，狂妄自大至可笑之地步。

第四部分共四句："寂寂寥寥扬子居，年年岁岁一床书。独有南山桂花发，飞来飞去袭人裾。"是借汉代扬雄的典故，希望像扬雄当年那样终生致力于著述，远离尘世，与芳树为伴，不学干谒，洁身自好。

《长安古意》以汉事托唐，借古讽今。这首诗隔句用韵，平仄协调，四语一转，是"王杨卢骆当时体"的典型特征。

### 昭君怨

合殿恩中绝，交河使渐稀。
肝肠辞玉辇，形影向金微。
汉地草应绿，胡庭沙正飞。
愿逐三秋雁，年年一度归。

据史书记载，汉元帝后宫嫔妃众多，难以选择，于是靠画像召幸。嫔妃们争相贿赂画工，只有王昭君貌美心高，分文不奉。画工将她丑化了许多，使她入宫五六年未能见到皇上。正逢匈奴入朝请求和亲，昭君自愿出塞。当她盛装向皇上辞行时，光彩照人。元帝悔恨莫及，怒斩毛延寿等画师。此后诗人多借此事抒发幽怨的情怀，汉乐府有《王昭君》，晋有《王明君歌》等。卢照邻这首《昭君怨》比起当时上官仪的《王昭君》清新刚健，引人注目。

诗歌以嗟叹起句，"合殿恩中绝"指皇上的恩德被阻绝不能下达。古诗《怨歌行》："新裂齐纨素，皎洁如霜雪，裁为合欢扇，团团似明月。出入君怀袖，动摇微风发。常恐秋节至，凉飙夺炎热。弃捐箧笥中，恩情中道绝。"诗人在此熔炼这首古诗，既交代了昭君的身世，又蕴藉着弃捐之意、哀怨之心。"交河使渐稀"，是进一步阐明"恩中绝"的。昭君初嫁时，朝廷还时常派使臣去探望，到后来连使节也逐渐稀少了。足见皇帝已经将忠义之人忘却了，恩义断绝。

因为"交河使渐稀"，引起昭君对往事的回忆："肝肠辞玉辇，形影向金微。"当年自己肝肠寸断地辞别了汉宫，形单影只走向遥远而陌生的匈奴。她顾影自怜，一步一回首，恋恋不舍。背井离乡何其悲凉！

因为永世不能回去，所以就更加思念故乡，由眼前匈奴景色想到故国景色："汉地草应绿，胡庭沙正飞。"一边是尘土飞扬、风沙肆虐；一边是草色葱绿、春意盎然，两相对照，衬托出人物的内心忧伤。这里诗人寓情于学，以有声有色的对比诗句，将人物的哀怨忧思抒发得淋漓尽致。

"愿逐三秋雁，年年一度归"，这两句诗直抒胸臆，诗中主人公的感情闸门终于被打开，千般怨，万般恨，喷发而出，化作一个愿望：像雁儿一样一年回来一次。但像鸿雁那样自由是不可能的，她的愿望只能空留遗恨。

这首五言律诗以琴曲旧题写，属对工整，音韵和谐。"汉地草应绿，胡庭沙正飞。愿逐三秋雁，年年一度归"是脍炙人口的名句。诗人构思精巧，用词准确而贴切。卢照邻一生怀才不遇，遭受谗言和诽谤甚多。此诗明里哀叹昭君之不幸，实则是对自身郁郁不得志的感慨。

### 行路难

君不见长安城北渭桥边，枯木横槎卧古田。

昔日含红复含紫，常时留雾亦留烟。

春景春风花似雪，香车玉舆恒阗咽。

若个游人不竞攀，若个倡家不来折。

倡家宝袜蛟龙帔，公子银鞍千万骑。

黄莺一向花娇春，两两三三将子戏。

千尺长条百尺枝，丹桂青榆相蔽亏。

珊瑚叶上鸳鸯鸟，凤凰巢里雏儿。

巢倾枝折凤归去，条枯叶落狂风吹。

一朝零落无人问，万古摧残君讵知？

人生贵贱无终始，倏忽须臾难久恃。

谁家能驻西山日？谁家能堰东流水？

汉家陵树满秦川，行来行去尺哀怜。

自昔公卿二千石，咸拟荣华一万年。

不见朱唇将白貌，惟闻素棘与黄泉。

金貂有时须换酒，玉尘但摇莫计钱。

寄言坐客神仙署，一生一死交情处。

苍龙阙下君不来，白鹤山前我应去。

云间海上邀难期，赤心会合在何时？

但愿尧年一百万，长作巢由也不辞！

从汉"柏梁体"开始，叹收六朝声律对仗，七言诗逐渐赶上五言诗，并从初唐开始分流为新兴近体律绝和乐府歌行。初唐四杰对七言古诗也作出巨大贡献，卢照邻的《长安古意》与《行路难》就是这方面的代表作。

《行路难》是汉乐府《相和歌辞》旧题，在卢照邻之前，鲍照就作过一首七言《行路难》，仄声促韵与长句宛转充分表达作者郁悒不平之气。卢照邻这一首《行路难》从容舒展、徐缓不迫、多次转韵，其声律、修辞与对仗明显受六朝诗歌影响，从中也反映了诗风转变期的艺术特点。

全诗共四十句，分两大部分。第一部分，从开头到"万

古摧残君讵知"。"长安城北渭桥边"为虚指，即物起兴，从眼前横槎、枯木倒卧古田引起联想。"昔日"领起下文十六句，对"枯木"曾经拥有的枝繁叶茂、溢彩流芳的青春岁月，进行淋漓尽致的铺陈与渲染。围绕着它"千尺长条百尺枝"，有黄莺戏春、凤凰来巢、鸳鸯双栖，高贵的丹桂青榆也依附庇荫，更有香车宝马时常经过，马蹄声断续相闻；富有而轻薄的公子，妖冶的倡女，纷趋竞鹜，攀龙附凤……诗人以工整的结构、华丽的语言，为我们展现了初唐长安城内繁荣市井、骄奢生活的世态风情全卷，读者仿佛身临其境，却又清醒地感觉到诗人冷静的态度。从行文遣辞看，整齐的偶句与变换的角度，避免了呆滞散乱；层迭的词句增添了构图的对衬感与节奏感。末两句是全诗的关键，也是主旨所在。从现实的"一朝零落无人问"，由此及彼提出"万古摧残君讵知"，已如桓温当年"树犹如此，人何以堪"的普遍人生感喟，将比兴之义进一步升华了。

第二部分从"人生贵贱无终始"到末句，由隐而显，喻体"枯木"显现为本体"人生"。"终始"指无限。转瞬即逝的人生与悠久无限的岁月，这对亘古不变的自然矛盾造成人们心灵的困惑，一系列抒情意象即由此展开。"谁家"以下至"赤心会合在何时"运用超时空框架，不断变换叙述角度，使生死枯荣的单一主题，形成多元层次与丰富内涵。先写时光流水，无人能阻，再写改朝换代，秦川汉陵，无可奈何；再写富贵公卿，顷刻归于青棘黄泉。由此进一步指出富贵不可骄，交情不足恃，都用复迭或对比手法。金貂换酒为李白《将进酒》所本，"玉尘"指玉骢马扬起的飞尘，狂饮与游冶似乎已解生死，其实正说明了诗人无法排遣的苦闷。既然功名利禄都只是过眼云烟，就只好求友访仙以解心中积怨。因此，唐代盛行道教，许多官僚士大夫接受道教。纵然平日有生死交情，但只要大限到来，你未抵"苍龙阙下"（苍龙，东方之神，二十八宿东七星总称），我则已羽化白鹤山前。至于云间海上的仙山，长生不死的仙丹，更是缥缈难觅。

道家与佛家都有转世说，即使退一步寻求"赤子"重生，要到什么时候呢？表面是消极、苦闷，其实仍融注了对人生热烈执著的追求，因此诗人作出结尾两句"但愿尧年一百万，长作巢由也不辞"。尧年，代长寿；巢由，巢父与许由，古时隐士。"但愿""长作"可见其辞情恳切。卢照邻因服丹中毒，手足痉挛，最终不堪恶疾所苦，自投颍水。这里似有忏悟，只祈求正常人的健康长寿，不奢求富贵荣华与长生不死。

初唐四杰对于诗体诗风的转变，最突出之贡献是扩大了时空境界，将目光由宫廷移向社会，转向丰富多彩的现实人生。他们对历史、对人生、对物质、对理想都常常有发人深省的理解与阐释，使诗歌气势宏远，哲理性强，有很深的社会意义。

### （三）卢照邻诗作的历史影响

卢照邻早年因"横事被拘"坐过牢，并为"群小所使"，要予以加罪，后得友人援救，才得出狱。乾封三年（668 年）左右，卢照邻被任益州新都尉。此时心情低沉，写诗如《寄赠柳九陇》："提琴一万里，负书三十年……关山悲蜀道，花鸟忆秦川。"《赠益州群官》："一鸟自北燕，飞来向西蜀……日夕苦风霜，思归赴洛阳。"都表现出怀才不遇、远客西蜀、孤独悲苦的心情。然卢照邻在此新都尉任上，不幸染上了风疾，任满后不得不辞官。咸亨四年（673 年），他在长安养病，曾"伏枕十旬，闭门三月"。名医孙思邈与之同住光德坊官舍，他得以有机会向孙思邈请教。后卢由长安转居太白山。据《新唐书》所记，在此"得方士玄明膏饵之，会父丧，号呕；丹辄出，由是疾益甚"。卢后又移居东龙门山，为治病母亲和兄长不惜破产以供医药，家境每况愈下。卢照邻后全身瘫痪，在调露二年（680 年）前后自沉颍水而死。卢作今存有《幽忧子集》七卷，其中诗有九十余首，文有二十余篇。以七言歌行成就最高，《长安古意》为其代表作。

这首开唐代长篇诗章先河的《长安古意》，将帝京之都的生活情况写得跌宕起伏，妙趣横生。尤其是从长安城里散发出来的、自上而下的、开放包容的人文空间，为适应民众精神世界的拓展，提供了无限可能。"得成比目何辞死，愿作鸳鸯不羡仙"，爱情崇高，百物皆虚，这一声自由的呐喊，诚如闻一多先生所言，他"放开了粗豪而圆润的嗓子""对于时人那

虚弱的感情，这真有起死回生的力量"。天有不测风云，正值年富力强之时，却不幸染上风疾（风痹症），先是一条臂膀废掉，后来一条腿也随之瘫痪，正是寸步千里，咫尺山河。从此，开始了他十年的幽悲饮泣肢残命衰之路。这些突如其来的重大生理变化，使得这位才华横溢的诗人公共场合难以露面，私人社交不愿参加，花前月下的缠绵并肩也成难望，即所有正常人的身体功能，都要废掉。晚年就连端一碗粥，也是困难不已的事。卢照邻以一个患者的姿态，走上了漫漫求医之路。治疗风疾并非易事，困难也接踵而至。众多治病费用，对于家贫的卢照邻而言，无疑捉襟见肘。他的那篇《与洛阳名流朝士乞药直书》："若诸君子家有好妙砂，能以见及，最为第一。"则遍呈朝中名士，开口求乞。在文章的末尾更直白、可怜，如没丹砂可赠，则"无者各乞一二两药直，是庶几也"，这封信被广泛传抄发送。可见，对于生性要强的著名诗人卢照邻来说，实在是一生最为无奈之举。

才子生病，惊动药王孙思邈。孙时年年过九旬、白发苍苍，亲为医治。两个人就医治疾病做过长谈，《新唐书》《太平广记》等都曾大量引用。后高宗龙驾西游，卢照邻只能回山乡颐养。身左是书，身右是药。卢照邻也曾有过与命运、与死神的抗争。在病中仍坚持阅读，坚持写作，也享受着山中的无边风月。可想见，深谙儒佛道三教的卢照邻，僵卧山中，与死神作过无数次的挣扎与斗争。十年间他只能撑着病体，在暗室之中，隔着窗子望着外面寒暑易节。短暂的阅读与写作的快乐之后，常常是更加漫长的痛。朝暮之间，无数不眠之夜，白发丛生，双鬓如染。"钟鼓玉帛兮非吾事，池台花鸟兮非我春"，含悲叹息。一系列不好的消息相继传来：女皇武则天登基了，骆宾王失踪了，孙思邈离世了，眼看自己的身体也像僵直的朽木，终于到了生死不可调和的时刻，离世而去。

**（四）有关卢照邻的历史争论**

《孙思邈传奇》记载："初唐四杰"的卢照邻一年患恶疾，因病去官，隐居太白山。因服丹中毒，病势加剧，手足痉挛，久治不愈，使卢照邻思想包袱

29

沉重，病情一天比一天严重。为了能让名医孙思邈为其治病，不得不又移居阳翟县（今禹州）燕山下，买院数十亩居住。当年孙思邈年高97岁。孙思邈看后认为：病情确实较重，但心理压力更重，为此孙思邈引经据典，旁征博引，对卢照邻说："形体有可愈之疾，天地有可消之灾。"鼓励卢照邻与疾病作斗争。卢照邻终于被其所感动，消除了忧郁，很快恢复了健康。一天，卢照邻问老师一个问题："名医能治愈疑难的病症，是什么原因呢？"97岁的孙思邈很干脆地答道："对天道变化了如指掌的人，必然可以参政于人事；对人体疾病了解透彻的人也必须根源于天道变化的规律。天候有四季，有五行，相互更替，犹似轮转。那么又是如何运转呢？天道之气和顺而为雨；愤怒起来便化为风；凝结而成霜雾，张扬发散就是彩虹，这是天道规律。人也相对于四肢五脏，昼行夜寐，呼吸精气，吐故纳新。人体之气流注周身而成营养、卫气；彰显于志则显现于气色精神；发于外则为音声，这就是人身的自然规律。阴阳之道，天人相应，人身的阴阳与自然界并没什么区别。人身的阴阳失去常度时，人体气血上升则发热；气血不通则生寒；气血蓄结生成瘤及赘物；气血下陷成痈疽；气血狂越奔腾就是气喘乏力；气血枯竭就会精神衰竭。各种征候都显现在外。气血的变化也表现在形貌上，天地不也是如此吗？"照邻又问："行医如此，做人应该怎么办呢？"孙思邈说："做人的道理，应该是'胆欲大而心欲小，智欲圆而行欲方。''胆大'是要有赳赳武夫自信而有气质；'心小'是要如同薄冰上行走，时时小心谨慎；'智圆'是说遇事圆活机变，不可拘泥，需有驾驭制约的能力；'行方'是讲不为名求，不为利惑，不为禄诱，心中自有坦荡之地。"照邻又问善性的要理，孙思邈说："天有充满的时候，也有不足的时候，人有迟迟不进和危机的时候，自己不当心谨慎，就不会有利益！所以养性首先得知道办事要小心谨慎，谨慎是敬畏的根本，做官的无敬畏之心就会不讲简化仁义；

从事农业的无敬畏之心就会使庄稼落于庄稼地里不收；工匠不敬畏就不遵规矩；经商的不敬畏就会贷不存；做儿子的不敬畏就忤逆不孝；做父亲的不敬畏就会丢弃慈爱；做臣子的不敬畏就会躁动不安；做君王的不敬畏就会使天下不能治。所以说首先是畏道，然后依次为畏天、畏物、畏人、畏身。忧于身者，不拘于人；畏于己者，不制于彼；慎于小者，不惧于大；戒于近者，不悔于远。知道此道理就会尽人事！"卢照邻点头称赞道："老师您以天理讲病理，以医理讲政理，学生明矣。"

当时名人士宋令文、孟诜、卢照邻等人都曾拜孙思邈为师，甘当他的学生。卢照邻在《五悲文》《释疾文》里，透露出他决意了却残生的众多信息："岁去忧来兮东流水，地久天长兮人共死""嗟不容乎此生""恩已绝乎斯代"，笔下充满了悲凉、悲愤和悲哀。

## 五、骆宾王的诗词创作概况

### （一）骆宾王的家庭出身及历史背景

骆宾王（约630—684年），字观光，婺州义乌（今浙江义乌）人，为"初唐四杰"中最富于传奇色彩的诗人。骆宾王自幼随父到博昌，从师于张学士、辟吕公，七岁赋《咏鹅》诗被传为佳话，时称神童。父骆履元，曾任青州博昌（今山东济南东北）令。可惜其父早逝，生活窘困，母亲带他到兖州瑕丘投靠亲友。青少年时落魄的经历，对他性格的形成有很大影响。骆宾王早年曾在道王李元庆府中任参军、录事等小官。乾封元年泰山封禅，作《为齐州父老请陪封禅表》，被赐为奉礼郎，后又任东台详正学士。咸亨元年，骆宾王以奉礼郎的身份从军西域，正遇薛仁贵战败于大金川，滞戍边塞两年，回到长安不久既入蜀，从军姚州（今云南楚雄一带），在姚州道大总管李义总府任书记随军征战，拟写檄文布告等。上元元年官任武功主簿，后又调任明堂主簿、长安主簿。仪凤三年，升任侍御史。后不久因事入狱，究其因，据说为"坐赃左迁临海丞"。《新唐书·文艺本传》中却记载为："武后时，数上疏言事，下除临海丞。"在狱中作《萤火赋》《狱中咏蝉》和《狱中书精通简知己》，屡诉冤屈。仪凤四年改年大赦得以出狱，后赴幽燕入幕府。调露二年秋任临海县丞，因不得志弃官。嗣圣元年九月，徐敬业起兵扬州，以匡复李唐王朝的名义征讨武则天。骆宾王加入匡复府任艺文令，其《代李敬业传檄天下文》名扬天下。徐敬业兵败其下落不明，史载不一。《朝野金载》称"宾王与徐敬业兴兵扬州，大败，投江而死"，《本事诗·征异》则说他落发为僧，民间又有他在灵隐寺与宋之问联诗的传说。骆宾王现存的作品，有《骆临海集》十卷，《全唐诗》仅收其诗三卷，共一百多首。

### （二）骆宾王的代表作品

**上吏部侍郎帝京篇**

山河千里国，城阙九重门。

不睹皇居壮，安知天子尊。

皇居帝里崤函谷，鹑野龙山侯甸服。

五纬连影集星躔，八水分流横地轴。

秦塞重关一百二，汉家离宫三十六。

桂殿对玉楼，椒房窈窕连金屋。

三条九陌丽城隈，万户千门平旦开。

复道斜通鹓观，交衢直指凤凰台。

剑履南宫入，簪缨北阙来。

声明冠寰宇，文物象昭回。

钩陈肃兰扈，璧沼浮槐市。

铜羽应风回，金茎承露起。

校文天禄阁，习战昆明水。

朱邸抗平台，黄扉通戚里。

平台戚里带崇墉，炊金馔玉待鸣钟。

小堂绮帐三千户，大道青楼十二重。

宝盖雕鞍金络马，兰窗绣柱玉盘龙。

绣柱璇题粉壁，锵金鸣玉王侯盛。

王侯贵人多近臣，朝游北里暮南邻。

陆贾分金将喜，陈遵投辖正留宾。

赵李经过密，萧朱交结亲。

丹凤朱城白日暮，青牛绀红尘度。

侠客珠弹垂杨道，倡妇银钩采桑路。

倡家桃李自芳菲，京华游侠盛轻肥。

延年女弟双飞入，罗敷使君千骑归。

同心结缕带，连理织成衣。

春朝桂尊尊百味，秋夜兰灯灯九微。

翠幌珠帘不独映，清歌宝瑟自相依。

且论三万六千是，宁知四十九年非。

古来荣利若浮云，人生倚伏信难分。

始见田窦相移夺，俄闻卫霍有功勋。

未厌金陵气，先开石椁文。

朱门无复张公子，灞亭谁畏李将军。

相顾百龄皆有待，居然万化成应改。

桂枝芳气已销亡，柏梁高宴今何在？

春去春来苦自驰，争名争利徒尔为。

久留郎署终难遇，空扫相门谁见知。

莫矜一旦擅繁华，自言千载长骄奢。

倏忽搏风生羽翼，须臾失浪委泥沙。

黄雀徒巢桂，青门遂种瓜。

黄金销铄素丝变，一贵一贱交情见。

红颜宿昔白头新，脱粟布衣轻故人。

故人有湮沦，新知无意气。

灰死韩安国，罗伤翟廷尉。

已矣哉，归去来。

马卿辞蜀多文藻，扬雄仕汉乏良媒。

三冬自矜诚足用，十年不调几回。

汲黯薪逾积，孙弘阁未开。

谁惜长沙傅，独负洛阳才。

该诗约作于上元三年骆宾王担任明堂主簿时。诗前有"启"，介绍说明该作品是应吏部侍郎"垂索"而作的。该诗取材于汉代京城长安的生活故事，以古喻今，抒情言志，气韵流畅，有如"缀锦贯珠，滔滔洪远"，在当时就被视为绝唱。它不仅是诗人的代表作，更是初唐长篇诗歌的代表作之一，堪与卢照邻的《长安古意》媲美，被称为其姊妹篇。

全诗分四部分，第一部分从"山河千里国"至"黄扉通戚里"，描写长安地理形势的险要奇伟和宫阙的磅礴气势。此部分又分作三个小层次。开篇为五言诗，四句一韵，气势凌厉，若千钧之弩，一举破题。"山河千里国，城阙九重门"，对仗工整，以数量词用得最好，"千里"以"九重"相对，给人一种旷远、博大、深邃的气魄。第三句是个假设问句，"不睹皇居壮"。其后的第四句"安知天子尊"是以否定疑问表示肯定，间接表达赞叹、惊讶等丰富复杂而又强烈的情感。此处化用了《史记·高祖纪》中的典故："萧丞相作未央宫，立东阙、北阙、前殿、武库、太仓。高祖见丞阙壮甚，怒。萧何曰：'天子以四海为家，非壮丽无以重威，且无令后世有以加也。'高祖乃悦。"只有熟悉这一典故，方能更好体会出这两句诗的意韵。它与开篇两句相互映照，极为形象地概括出泱泱大国的帝都风貌。以上四句统领全篇，为其后的铺叙揭开了序幕。

第二个小层次描写长安的远景："皇居帝里崤函谷，鹑野龙山侯甸服。五纬连影集星躔，八水分流横地轴。秦塞重关一百二，汉家离宫三十六。"这六句七言诗，从宏观角度为我们展现了一幅庞大壮丽的立体图景。天地广阔，四面八方，尽收笔下。星光辉映，关山绵亘护卫，沃土抚育，帝京岂能不有！六句诗里连用"五""八""一百二""三十六"等多个数字，非但没有枯燥之感，反而更显典韵奇巧，构成鲜豁之境和独特的景象。此为首句"山河千里国"的细致绘写。

第三个小层次为长安的近景刻绘："桂殿嵚崟对玉楼，椒房窈窕连金屋。三条九陌丽城隈，万户千门平旦开。复道斜通鹓鹊观，交衢直指凤凰台。"高耸耀眼的宫殿，温馨艳冶的禁闱，宽畅通达的大道，复道凌空，斜巷交织，具体刻画"皇居"的巍峨和壮观。六句诗不由令人念及天子的尊贵与威严。

第二部分由"剑履南宫入"到"宁知四十九年非"，重点描绘长安上流社会王侯贵戚骄奢纵欲的生活。诗人由表面的繁荣昌盛落笔，意在阐释兴衰祸福相倚伏的哲理。此部分又可分为两个层次。诗的前二十六句为第一层次，主要绘写权贵们及其附庸的日常生活。"剑履南宫入，簪缨北阙来。声明冠寰宇，文物象昭回"，细致传神地刻画出享有殊荣的将相们身佩宝剑，昂然出入宫殿的情景。他们的美名扬于天下，形象题于画阁，业绩载入史册，光荣如同日月。

"钩陈肃兰扈，璧沼浮槐市"，写的是天子的学宫圣境，静穆清幽；学士们漫步泮池、文市，纵论古今于青槐之下，何等的风流儒雅！教化之推行，言路之广开，由此可见一斑。"铜羽应风回，金茎承露起"，既写景又抒情。那展翅翱翔的铜乌殷勤地探测着风云的变幻，期盼国泰民安；那高擎金盘的仙掌虔诚地承接着玉露，祈愿天子万寿无疆！"校文天禄阁，习战昆明水"，指的是文武百将各司其职，文将治国安邦，武将戍边拓疆。"朱邸抗平台，黄扉通戚里"，说的是权贵们的居所，如同皇帝的离宫一样众多华丽。"平台戚里带崇墉，炊金馔玉待鸣钟。"他们不但身居华屋而且饮食考究，"炊金馔玉待鸣钟"，真是气派。"小堂绮帐三千户，大道青楼十二重"是他们娱乐的场所，娼妓之多可想而知。她们是由于统治阶级生活需要而滋生的附属阶层，她们的生活自然也豪华奢靡："宝盖雕鞍金络马，兰窗绣柱玉盘龙。"这样的生活是"朝游北里暮南邻"的锵金鸣玉的王侯贵人所带来的。除了北里南邻的"多近臣"，还有那些失势的旧臣元老和专宠的新贵："陆贾分金将喜，陈遵投辖正留宾。赵李经过密，萧朱交结亲。"他们也都有各自的活动场所和享乐消遣之法，游说饮宴，兴高采烈，逍遥自得。这是朝廷之外的另一番热闹景象。

第二个层次是描绘长安的夜生活，从暮色苍茫到更深漏残，绿杨青桑道上，车如流水马如龙。一边是艳若桃李的娼妓，一边是年少英俊的侠客。碧纱帐里，彩珠帘内，皇帝与宠妃，使君与罗敷，出双入对，相互依偎，厮守之状如胶似漆。歌舞场上，轻歌曼舞，王公贵人，歌儿舞女，沉迷于灯红酒绿的梦幻里。他们便是如此浑浑噩噩度过自己的一生，岂能如蘧伯玉一般"年五十而知四十九年非"呢？

现实是残酷的，乐极必定生悲。因而诗人在第三部分从"古来荣利若浮云"至"罗伤翟廷尉"，以其精练灵活的笔触，描绘出一幅动人心弦的历史画卷，把西汉一代帝王将相、皇亲国戚你死我活的残酷的斗争景象和世态人情的炎凉，状写得淋漓尽致。考究用典，精到的议论，生动的描绘，细腻的抒情，惊醒的诘问，交叉使用，纵横捭阖，举重若轻地记录了帝京上层社会的生活史。这部分重点揭示了封建统治阶级的腐朽和无法逃脱的没落命运。"古来荣利若浮云，人生倚伏信难分。"从古到今，统治阶级都是一样的。诗人生活的武则天时代，朝廷内部争权夺利激烈，酷吏罗织罪名陷害忠良，正所谓"倏忽搏风生羽翼，须臾失浪委泥沙"。有谁能够掌握自己的命运呢？面对唐

朝的现实，诗人发出无可奈何的慨叹："已矣哉，归去来！"继而诗人列举了汉代著名的贤才志士，他们的升迁湮滞，都不取决于个人学识才智的高低，而是取决于统治者的好恶。

司马相如辞赋再佳，怎奈景帝不喜欢辞赋，只得回到临邛卖酒为生。后来武帝赏识他的辞赋，经过狗监的推荐，才被召任为郎。扬雄学识尽管渊博，然而成、哀、平三位皇帝都不赏识他，他也就无法被提升。"十年不调几遭回"，语意双关，既指张释之十年为骑郎事，也是叹息自己十年没升迁的境遇。汲黯因为直谏而遭到忌恨，贾谊因为才高而被谗言所害。这一结尾，婉转地表达了忠直之士难以被容纳之意。

沈德潜曾这样评论《帝京篇》："作帝京篇，自应冠冕堂皇，敷陈主德。此因己之不遇而言，故始盛而以衰飒终也。首叙形势之雄，次述王侯贵戚之奢侈无度。至古来以下，慨世道变迁。已矣哉以下，伤一己之湮滞，此非诗之正声也。"

《帝京篇》的特色，正像闻一多先生所评论的那样，是"洋洋洒洒的宏篇巨作，为宫体诗的一个巨变"。

这首诗是呈给吏部侍郎的，因此内容比《长安古意》庄重严肃，气势也更大。形式上较为自由活泼，七言中间以五言或三言，长短句交错，或振荡其势，或回旋其姿。铺叙、抒情、议论也各尽其妙。辞藻富丽，铿锵有力，虽然承袭陈隋之遗，但已"体制雅骚，翩翩合度"，为歌行体辟出了一条宽阔的新路。

### 在狱咏蝉

西陆蝉声唱，南冠客思侵。

那堪玄鬓影，来对白头吟。

露重飞难进，风多响易沉。

无人信高洁，谁为表予心。

在我国古代，蝉被视为高洁的象征，因为它高居枝上，餐风饮露，与世无争。因此古代很多诗人咏蝉，有的借以歌颂高洁的品格，有的寓意感慨身世的凄凉。如"清心自饮露，哀响乍吟风。未上华冠侧，先惊翳叶中"（李百药《咏蝉》），"饮露非表清，轻身易知足"（褚沄《赋得蝉》），"烦君最相惊，我亦举家清"（李商隐《蝉》）。在不同经历的诗人笔下，平凡常见的蝉各具灵性，仿佛是品格高尚的高士形象的化身。而在历代鳞次栉比的咏蝉诗中，最受称颂、广为流传的就数这首《在狱咏蝉》诗了。《在狱咏蝉》诗，与一般的咏蝉诗不同，感情真挚而充沛，不但没有无病呻吟，更非"贫士失职而志不平"的平常慨喟，它抒写的是含冤莫辨的深切哀痛。该诗是骆宾王于仪凤三年在狱中所作。他下狱的原因尽管说法不一，然而多数认为是被诬陷的。例如有传说，武后专政，排斥异己，严刑苛法，告密之风盛行。骆宾王屡次上疏讽谏，因此获罪被撤了职，并以贪赃罪入狱。也有人依据他的《狱中书情》，分析"三缄慎祸胎"等语，认为他是言语不慎招来了莫须有的打击。具有侠义性格的骆宾王蒙受如此不白之冤，就借咏蝉来替自己的清白申辩，宣泄心中激愤之情。诗的序言中他写道："仆失路艰虞，遭时徽，不哀伤而自怨，未摇落而先衰。闻蟪蛄之有声，悟平反（昭雪疑狱）之已奏。见螳螂之抱影，怯危机之未安。感而缀诗，贻诸知己。"在狱中，诗人触景生情作该诗，既向知己的朋友诉说自己的冤屈，又表明了对昭雪信心不足。序言的末尾说："非为文墨，取代幽忧云耳。"由此可见所写都是肺腑之言。

诗的首联点题，上句中的"西陆"，一方面表明时令已是秋天，一方面又交待了诗人被囚禁的地点——禁垣西。蝉声唱，指蝉的鸣叫。诗序里说："余禁所，禁垣西，是法曹厅事也，有古槐数株焉。每至夕照低阴，秋蝉疏引，发声幽息，有切尝闻。岂人心异于曩时，虫响悲乎前听?"诗人失去了自由，听了寒蝉时断时续的鸣叫声，觉得异乎寻常，深感其中有一种幽咽、凄楚的意味。这就自然地引出了下句："南冠客思侵。"蝉的哀鸣声唤起了诗人思念故乡的无限惆怅与悲戚。这个"侵"字，恰如其分地表现了诗人忧心忡忡的心境和情境。

次联"那堪玄鬓影，来对白头吟"，是紧承上联进一步抒发诗人悲苦烦忧的心情。诗人仿佛是在对蝉倾诉，又仿佛是自言自语："我本来就够痛苦了，哪里还受得了你不断地向我诉苦呢！正所谓以苦引苦，人何以堪!"

三联"露重飞难进，风多响易沉"，表面是写蝉，实际是抒写自己境况。秋季露水凝重，打湿了蝉的翅膀，使它难以飞行；秋风频吹，使蝉的声音传不到远方。此处以蝉的困厄处境比喻自己仕途曲折，蹉跎难进；受谗言诽谤良多，身陷囹圄，辩词无以传递。诗句委婉，意在言外。

尾联为一句深沉的慨叹："无人信高洁，谁为表予心。"现在世上无人看重"高洁"，又能指望谁来替我平反昭雪呢！这声哀叹，仿佛对苍天呼吁，又像是控诉奸佞，满腔愤懑倾泄而出。

调露元年，高宗到东都大赦天下，骆宾王才得以出狱，但"坐赃"的罪名却和他的"文名"连在一起永远地被载入史册了。这愤恨如何能平消？到敬业起兵伐武，他积极参与并起草了《讨武曌檄》，或许原因正在于此。曾经说过："问咏物如何始佳？"答："未易言佳。先勿涉岂犬，一岂犬典故，二岂犬寄托，三岂犬刻画，岂犬衬托。去此三者，能成词不易，矧复能佳，是真佳矣。题中之精蕴佳，题外之远致尤佳。自性灵中出佳，自追琢中来亦佳。"《在狱咏蝉》诗最为突出的特点，正是"去此三岂犬"。用典贴切自然，比喻精辟传神，寄情寓兴深远，这真正是深领题中之精蕴，又兼得题外之远致，因此能够成为脍炙人口、千古传颂的名篇。诗的首联，"西陆"对"南冠"，"蝉声"对"客思"，"唱"对"侵"，对仗工整。次联则换以流水对，上下连贯，前后两联错落有致。第三联含蓄蕴藉，富于理趣。尾联用语犀利畅快。尽管有人认为"未免太露"，但精通诗道的骆宾王却认为不如此难以抒胸臆，这种"一吐为快"的风格，正是骆宾王诗歌一贯的特色。

### 在军登城楼

城上风威冷，江中水气寒。

戎衣何日定，歌舞入长安。

弘道元年（683年），唐高宗去世，武则天把持朝政，废中宗（李哲）为庐陵王，立相王（李旦）为睿宗，重用武三思等人，排斥异己，刑法严苛，引起人民不满。不久被贬为柳州司马的大唐宗师李敬业提出"匡复唐室"的口号，在扬州起兵征讨武则天，一时响应者甚众，起兵十来天就纠集了十多万人，震惊了全国。被贬为临海丞的骆宾王也投奔李敬业麾下，任匡复府的艺文令，负责军中宣传工作。在此期间，他草拟了著名的《代李敬业传檄天下文》（《讨武曌檄》），义愤填膺地历数武则天"近狎邪僻，残害忠良，杀姊屠兄，弑君鸩母"之罪。其中有这样一段话可看做《在军登城楼》诗的注脚："是用气愤风云，志安社稷，因天下之失望，顺宇内之推心。爰举义旗，誓清妖孽，南连百越，北尽三河。铁骑成群，玉轴相接，海陵红粟，仓储之积靡穷。江浦黄旗，匡复之功何远。班声动而北风起，剑气冲而南斗平。喑呜作山岳崩颓，叱咤则风云变色。以此致敌，何敌不摧，以此攻城，何城不克。"这就是诗人对当时政治、军事形势的分析，也是本诗的创作背景。《在军登城楼》与《讨武曌檄》作于同一时期，可以说是檄文的高度艺术概括。

诗歌以对句起兴，在深秋的一个清晨，诗人登上了广陵城楼，纵目远望，浮思遐想。此刻楼高风急，江雾浓重，风雨潇潇。"城上风威冷，江中水气寒"两句晓畅隽永，看似质朴平易不着笔力。诗人借用了《梁书·元帝纪》中"信与江水同流，气与寒风共愤"的典故，恰到好处地抒发了同仇敌忾的豪情与激愤，充分表现临战前的紧张、肃穆、庄严的气氛和将士们的希望和信心。第三句诗"戎衣何日定"，"何日"意为"总有一天"，以否定式表肯定，必胜之心力透纸背。这句诗借周武王讨伐殷纣王的故事隐喻李敬业讨伐武则天是以有道伐无道，说明"匡复"是正义的，顺应民心、天意的，因此也必定是会胜利的。

诗的最后一句"歌舞入长安"，水到渠成轻松自然地作了结尾，表现出诗人必胜的信念及勇往直前、不成功则成仁的彻底反抗精神和大无畏气概。

### （三）骆宾王诗作的历史影响

"鹅、鹅、鹅，曲项向天歌；白毛浮绿水，红掌拨清波。"这是骆宾王7岁时，站在池塘边，面对一群戏水的白鹅，应大人的要求即兴吟鹅。而且这是他不假思索，脱口而出的句子。骆氏的这首涂鸦小诗，易懂好记，朗朗上口，千百年来一直成为中国儿童启蒙的教材。俗话说"三岁看到老，从小知大"，父母们从小孩子的举止里，往往能够看到的他们的明天和未来。十多年后骆宾王进入时任豫州刺史道王李元庆（李渊第十六子）府幕。三年间骆宾王凭借自己的文章和忠实，获得李元庆的喜爱。人生难得遇贤达，更难得上司的重视。可面对难得的升迁机遇，骆宾王的《自叙状》竟文不对题，声称不愿"说己之长，言身之善"，而必要通过建功立业以图进取。其结果自然获得个上司"不奉令，谨状"的批复终被弃置圈外而失落。此后不久，骆宾王就着寒夜青灯，手执十寸狼毫，胸中万种风情，写下了一首首清丽别致的诗作，再度写下他人生的著名的《帝京篇》。骆宾王吟过蝉，不过别人咏蝉在树下、在庭院，而骆宾王的"咏蝉"则是写于狱中。"西陆蝉声唱，南冠客思侵。那堪玄鬓影，来对白头吟。露重飞难进，风多响易沉。无人信高洁，谁为表予心。"骆宾王这首诗与骆宾王咏鹅诗同样闻名，只不过是没了当初孩童的天真稚气，也不是在池塘边所作，而是创作于不见天日的牢狱之中。他混迹官场十年，位居下僚，官职平平，突然被擢为侍御史，似乎为四杰中最高官阶。但他后来竟然又突然被囚禁，霎时间又失去自由，生死未卜。武后临朝骆宾王是屡屡上书，定会触动了某些权贵敏感的神经末梢，于是厄运自然就不可避免地降临。

## （四）有关骆宾王的历史争论

《旧唐书·骆宾王传》记载："落魄无行，好与博徒游。高宗末，为长安主簿。坐赃，左迁临海丞……敬业败，伏诛，文多散失。则天素重其文，遣使求之。"但另据《新唐书·骆宾王传》："裴行俭为洮州总管，表掌书奏，不应，调长安主簿。武后时。数上疏言事。下除临海丞……敬业败，宾王亡命，不知所之。中宗时，诏求其文，得数百篇。"同为记述唐朝正史的两本史料竟出现两种截然不同的记载。《旧唐书》对骆宾王整个持否定态度，本身无行，又因为贪赃不洁，所以坐牢蹲大狱。而《新唐书》对骆宾王的品德没有怀疑。他在咏蝉诗里关于"露重飞难进，风多响易沉"的哀叹，一半是针对自己的无辜与不幸，一半是针对当时的局势。

骆宾王身处逆境仍然心系李唐宗室。仕途上的落寂、政治上的彷徨和胸中的愤懑，终于在一场民间的武装反抗中喷薄而出，化作熊熊烈焰。大将徐世（李）的孙子李敬业率部在扬州起兵，骆宾王紧紧追随，他竭尽所能，充分发挥在天才儿童时期开始积累的文学语言智慧，负责起草讨伐檄文《代李敬业传檄天下文》：

"伪临朝武氏者，人非温顺，地实寒微。昔充太宗下陈，尝以更衣入侍洎乎晚节，秽乱春宫。密隐先帝之私，阴图后庭之嬖。入门见嫉，蛾眉不肯让人；掩袖工谗，狐媚偏能惑主……一抔之土未干，六尺之孤安在……请看今日之域中，竟是谁家之天下！称檄州郡，感使知闻。"

骆宾王大声疾呼，檄文尽显其文笔、才情与抱负，铿锵有力，气吞山河，将武则天"包藏祸心，窥窃神器"的种种丑事形容得入木三分，跃然纸上。骆宾王一生性格乃至骨子里充满了正气，路见不平，化笔为枪，讨伐皇天之不义之举。他在《艳情代郭氏答卢照邻》《代女道士王灵妃赠道士李荣》两首诗中，就为两个被遗弃的妇女鸣不平："妾向双流窥石镜，君住三川守玉人""君心不记下山人，妾欲空期上林翼"。见异思迁、不负责任的爱情，即便是发生在好朋友卢照邻身上，在骆宾王眼里，也是不妥的、不可原谅。人们敬重其一生的正直和气节。他的一生，恰如一只洁白无瑕的天鹅，始终怀着理想与激情，为自由的生活，为人间的正义，曲项对天，放声歌唱。有关骆宾王下落的争议如前所述，或死或出家，这里不赘述。

王勃、杨炯、卢照邻、骆宾王，他们崇尚文实，力除齐梁以来骈赋绮丽之余习，开一代风气，虽只为一个过渡，却不能缺少。王勃乃文坛公认的领袖，其家庭以及自身都有良好的条件，幼年早惠，壮年敢争。《滕王阁序》中的"落霞与孤鹜齐飞，秋水共长天一色"乃千古佳句；他的"海内存知己，天涯若比邻"在送别诗中更是名垂千古。杨炯以吏治严酷著称，好像没有特别流行的诗句。但"宁为百夫长，不作一书生"，足够霸气且有大丈夫的意味；"冻水寒伤马，悲风愁杀人"，凄怆雄壮！卢照邻沾巴蜀之灵气，曾仕新都县，其文采直追前人司马相如，有《长安古意》等可佐证。骆宾王在蜀常与卢照邻相唱和，在"四杰"之中，骆宾王排名虽后自己无争，不遂时风尚。他一生作品数量最多，知名度最高。其咏鹅诗千年以来，中国众多的

三岁小儿皆能咏诵，不可不为千家万户所仰仗。其《帝京篇》被推为初唐绝唱，实为长篇歌行之顶，其后的张若虚的《春江花月夜》、白居易的《长恨歌》《琵琶行》，据讲都曾得益于其风的影响。其著名的《讨武曌檄》真可谓檄文之最，骂得精彩，让被骂的武皇都服气于他的才华！"班声动而北风起，剑气冲而南斗平，暗鸣则山岳崩颓，叱咤则风云变色。以此制敌，何敌不摧？以此图功，何功不克？"气吞山河！"请看今日之域中，竟是谁家之天下！"慷慨激昂！"一抔之土未干，六尺之孤何托？"情文并灿之极，武则天读罢惶然而问："谁为之？"获以宾王对，叹曰："宰相安得失此人？"中宗复位，倾力征收骆文，遂显。

总之，当年四杰，其年纪虽幼，但叱咤文坛，纵横捭阖；博古论今，光耀千秋；其文才高，但官位卑；诗文汪洋恣肆，人际辗转飘零；文章历千年而不衰，生命极悲苦尚早殇。真乃是"文章千古事，命运两相异"。法眼诚老杜，甚是多赞服，诗云："王杨卢骆当时体，轻薄为文哂未休。尔曹身与命俱灭，不废江河万古流。"意思说"轻薄为文"的时人之评，在历史的长河中本来微不足道，因此只能身名俱灭了，王杨卢骆的文章却如同江河不废，万古流芳！重温骆宾王在狱中的咏蝉诗："露重飞难进，风多响易沉。无人信高洁，谁为表余心？"看看我们的现实之情景，少年人似更应珍视前程，壮年人应奋力拼争，年老人应注重名声，岂不字字箴言，句句意深。

# 唐宋散文八大家

　　唐宋八大家是唐宋时期八大散文作家的合称，即唐代的韩愈、柳宗元和宋代的欧阳修、苏洵、苏轼、苏辙、王安石、曾巩。在唐贞元、元和时期，韩愈柳宗元掀起古文运动，使得唐代的散文发展到极盛，形成了"辞人咳唾，皆成珠玉"的局势。而到了宋代则以欧阳修为魁，他推拔和指导了王安石、曾巩、苏洵、苏轼、苏辙等散文家，对他们的散文创作发生过很大的影响。

# 一、唐宋八大家之首

## （一）生平简介

韩愈（768—824），字退之，唐代文学家、哲学家。河阳（今河南焦作）人。祖籍河北昌黎，世称韩昌黎。他与柳宗元同为唐代古文运动的倡导者，主张学习先秦两汉的散文语言，破骈为散，扩大文言文的表达功能。苏轼称其为"文起八代之衰"，明人推他为唐宋八大家之首。此外，他还是一个语言巨匠，善于使用前人词语，并加以提炼。如"落井下石""杂乱无章"等成语都是经过他的提炼并流传至今。

韩愈出生在一个书香门第的官僚地主家庭。他3岁时父母双亡，在其兄嫂的抚养下，"自知读书，日记数千百言，比长，尽能通六经、百家学"。韩愈从幼年时便饱尝寄人篱下之苦和长期颠沛流离的艰辛，经历兵荒马乱、动荡不安的岁月。这种经历促使他早熟，形成了较强的自我奋斗精神。他25岁考取进士，但此后三试于吏部而未成。贞观十八年，他经人推荐进入官场，后官至吏部侍郎。韩愈在政治上很有作为，其教育思想在历史上也影响深广。他曾做过四门博士、国子博士、国子祭酒，直接从事教育和教学工作。在任地方官时，他十分重视兴办教育事业，曾写下了《子产不毁乡学颂》，歌颂了郑子产不毁乡学的行为。他做潮州刺史时，曾拿出自己的俸禄来兴办州学。韩愈继承了儒家以道德治天下的思想，要求教育要"明先王之道"，使人们明白"学所以为道"。为了培养人才，他主张整顿国学，改革招生制度，扩大招生范围。他以实际才学为标准，严格选任学官，曾荐举校书郎张籍担任国子博士，其理由是张籍"学有师法，文多古风，沈默静退，介然自守，声体行实，光映儒林"。在他任职期间，国子监新增属官，一律任用儒生，并经过严格考试。韩愈不仅重视人才的培养，而且十分重视人才的选拔。他根据自己走科举之路的切身体会，抨击了科举选士的弊端："有司者，好恶出于其心。"

（二）韩愈散文的艺术美

韩愈散文，雄奇奔放、气势高亢，富于曲折变化而又流畅明快。其代表作《师说》立意高远、气势雄浑、语言练达、论辩有力，充分体现了散文艺术美的生动内涵，给"时世"以石破天惊之响，送"时人"以振聋发聩之音，历来脍炙人口，传诵不衰。我们就以《师说》为例，欣赏一下韩愈散文的艺术美。

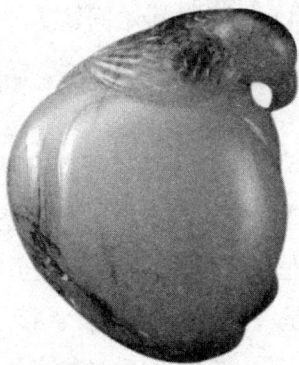

1. 立意美

联系作品的社会背景、作者的生平经历等实际情况，我们可以清楚地看到《师说》庄重高远的崭新立意，这种崭新的立意让人耳目一新、正义凛然。

首先，坚持走正道的人格立意。"不拘于时"之"时"是时俗，指当时耻于从师的社会风气。唐代时，魏晋以来的门阀制度仍有沿袭，贵族子弟都入弘文馆、崇文馆和国子监学习。当时上层士族子弟，不管品德智能高低，凭着高贵的门第，生来就是统治者，因而都"尊家法"而"鄙从师"。到了韩愈所处的中唐时代，这种风气仍然存在，上层"士大夫之族"不仅自己不从师学习，而且反对像韩愈这样"公然为人师"，对从师学习之人"群聚而笑之"。韩愈以道统继起者自命并身体力行，高标师道，正义凛然，充分表现了其不随波逐流、无畏无惧的崇高人格。透过《师说》，我们可以清楚地看到韩愈反对流俗的巨大勇气和坚持真理的可贵精神。可以说，《师说》是一篇人格宣言。韩愈突破了过去一般人对教师职责认识的局限，把教师的职责从"授之书而习其句读"，扩大到"传道授业解惑"，打破传统师法森严的壁垒，把师与弟子的关系社会化了，提出崭新的、进步的"师道"思想。

其次，庄重而正统的儒道立意。韩愈最突出的主张是重新塑造儒家道统，超越西汉以后的经学而复归孔、孟之道。韩愈受幼年的家庭教养以及天宝以来复古主义思潮的影响，以孔孟之道的捍卫者、继承者自居。而"圣人无常师""三人行，则必有我师"，既说明了从师学习的必要性，也说明了从师学习的原则，并为第二段"古之圣人，其出人也远矣，犹且从师而问焉"提供了佐证。韩愈认为"师者，所以传道授业解惑也"。"道"，主要是儒家思想、孔孟之道，是封建的伦理道德制度。"博爱之谓仁，行而宜之之谓义，由是而之焉之谓道"（《原道》）。"业"就是承载这一思想的儒家经典著作。"惑"是指学习这些著作时碰到的疑难问题。"传道""师道"的目的是维护和巩固当时的封建秩序，其实就是在传承儒道，弘扬儒家思想。《师说》真可谓微言大义。

2. 气势美

首先，文章开篇就以"古之学者必有师""人非生而知之者"振起全篇，理强气直，意高辞严，铿锵有力，而毫无遮掩之态，明确指出从师学习的必要性和重要性，起到了先声夺人、不容置疑的效果。继而明确指出"师"的职能是"传道受业解惑"。接下来紧承"解惑"推论出无师则"惑不解"，这里语语庄重，句句明旨。行文至此，作者笔锋突转，似银河落水，飞流直下，毫无顾忌、斩钉截铁地以庄谐兼备之法进行了三层对比，特别是紧扣"古今""长幼""贵贱""小大"等互为相对的可比点进行了讽谕式的对比，抨击了"今愚"者的耻师行径。文章的谐趣益见彰明，却又谐而不谑，以三种不同的语调，即先疑问、后肯定、再感叹，引出三层对比的结语不但发人深省，一唱三叹，整饬庄重，而且感情色彩浓烈，淋漓尽致地显示了对耻师者的鄙夷和蔑视！而最后一节在纵横前后的"正题"发挥之后，忽然转到"李氏子蟠"身上来，突入轻松恬怡的气氛中，让人顿生"柳暗花明又一村"之感，营造了张弛有致、"语有尽而意无穷"的效果。联系全文，我们却又深知这一节并非是"闲笔"，恰恰是其道出了韩愈作文的目的，且与开篇之"古之学者"之论遥相呼应。

《师说》庄谐并用，情理交融，笔端处处流露锋芒，嬉笑怒骂，批驳讽刺，谐趣横生。文中的情与作者的浩然之气所产生的正义力量是一致的，情随气生，气助情发，情与理合，从而形成了一股不可遏抑的冲动，不枝不蔓，纵横淋漓，字字有力，汹涌不绝。这种意、情、气、理的合一，使文章虽云短制，却可敌长篇，显得内容丰富，既具有了极强的说服力，也具有了浑浩流转的宏盛气势。

3. 语言美

唐代的古文运动崇儒复古，提倡散体，为唐代散文革除六朝骈文旧习影响作出了巨大贡献。作为古文运动的倡导者和实践者，韩愈以其反对流俗的巨大勇气和优秀的古文创作，为该运动的后继者树立了学习的榜样。《师说》不仅具有积极彰显的进步意义和解放精神，而且"闳中肆外"，气盛言宜，变化百出，充分表现了散体古文的语言艺术美。

唐宋散文与诗词

首先，"文以明道"，言之有物。由儒学复兴和政治改革所触发，以复古为新变的文体文风改革的核心是"文以明道"。这一主张与现实政治紧相关联，也成为宣传封建伦理道德观念的理论依据。韩愈一再说自己"修其辞以明其道"（《争臣论》），其主要目的，就是用"道"来充实"文"的内容，使"文"成为参与政治的强有力的舆论工具。韩、柳明确提出"文以载道"的主张，倡导古文运动，主张文章要像先秦两汉散文那样言之有物，杜绝空谈，要阐发孔孟之道；反对六朝以来单纯追求形式美、内容贫乏的骈骊文章；语言要新颖别致，对那些"言之有物"的古文也要"师其意而不师其词""言贵创新，词必己出""唯陈言之务去"。

其次，"不平则鸣"，文以生情。韩愈将文体文风的改革作为其政治实践的重要部分，赋予"文"以强烈的政治色彩和鲜明的现实品格，创作了大量饱含政治激情、具有强烈针对性和感召力的古文杰作。以《师说》为例，作者将浓郁的情感注入字里行间，强化了语言的抒情特征和艺术魅力，把古文提高到真正的文学境地。《师说》强烈的感情色彩，是"不平则鸣"的产物。文中的情与理交融，感叹句和问句的巧妙穿插，都给人以情的流溢与理昭意明之感。

其三，"言贵创新"，文笔生动。文笔上，整篇文章从虚到实，又从实到虚，有破有立，虚实结合。谈理论，却又不是空发议论；讲事实，也不是简单的现象罗列。"其皆出于此乎""惑矣""吾未见其明也""其可怪也欤"，情感逐层递进，言辞愈来愈激烈。文意所致，加之"嗟呼""呜呼"等叹语，短促而有力，与"也……矣"的复唱，气势连贯，雄健明快。像这样灵活变化又情理气交融的语言，《师说》中不乏其例。句式上，全文整齐的排偶句和灵活的散句交错运用，配合自然，使语言奇偶互现，错落有致，气势雄壮，在重视辞采、语言和技巧上建立了新的论说文的美学规范和秩序。修辞上，《师说》的引用或直接或间接，都显得自然妥帖，羚羊挂角，无迹可寻。《师说》有时还采用摹拟之法以产生更强烈的讽刺力量。如"彼与彼年相若也，道相似也"，摹拟士大夫语气维妙维肖又不露痕迹。《师说》中的顶真也是随势而生，毫不雕琢，如盐撒水，有味而不见痕迹。顶真的运用，不仅增强了文势，使论述的内容更为鲜明，而且能产生特殊的语言韵味，让人们咀嚼回想。

《师说》反映了现实社会斗争的需要，严正驳斥了愚蠢的诽谤者，"郁于中而发于外"，表现了韩愈作为崇儒复古的倡导者反对流俗见解的巨大勇气和斗争精神。可以说作《师说》是韩愈为了维护儒家道统，抵制由魏晋以来制度、佛教影响等造成的"耻于从师"的社会风气所作的一次巨大努力。《师说》是韩愈倡导古文运动的一篇庄严宣言，其本身也充分实践了韩愈关于古文文体、文风改革的理论，具有高度的艺术性，其艺术美的特征因子滋养惠泽了一代又一代散文家。

　　后人对韩愈评价颇高，尊他为唐宋八大家之首。杜牧把韩文与杜诗并列，称为"杜诗韩笔"；苏轼称他"文起八代之衰"。韩柳倡导的古文运动，开辟了唐以来古文的发展道路。韩诗力求新奇，重气势，有独创之功。韩愈以文为诗，把新的古文语言、章法、技巧引入诗坛，增强了诗的表达功能，扩大了诗的领域，纠正了大历（766—780 年）以来的平庸诗风。但也带来了讲才学、发议论、追求险怪等不良影响。

# 二、"发纤秾于简古，寄至味于淡泊"——柳宗元

## （一）生平简介

柳宗元，字子厚，世称"柳河东"，因官终柳州刺史，又称"柳柳州"。唐代文学家、哲学家、散文家和思想家，与韩愈并称为"韩柳"。刘禹锡与之并称"刘柳"。王维、孟浩然、韦应物与之并称"王孟韦柳"。是唐宋八大家之一，祖籍河东（今山西永济），汉族。代宗大历八年（773年）出生于京都长安（今陕西西安）。与韩愈共同倡导唐代古文运动。

柳宗元出身于官宦家庭，少有才名，早有大志。早年为考进士，文以辞采华丽为工。贞元九年（793年）中进士，十四年登博学鸿词科，授集贤殿正字。一度为蓝田尉，后入朝为官，积极参与王叔文集团政治革新，迁礼部员外郎。永贞元年（805年）九月，革新失败，贬邵州刺史，十一月加贬永州（今湖南零陵）司马，在此期间，写下了著名的《永州八记》（《始得西山宴游记》《钴潭记》《钴潭西小丘记》《小石潭记》《袁家渴记》《石渠记》《石涧记》《小石城山记》）。元和十年（815年）春回京师，又出为柳州刺史，政绩卓著。宪宗元和十四年十一月初八（819年11月28日）卒于柳州任所。

柳宗元一生留诗文作品达六百余篇，其文的成就大于诗。骈文有近百篇，散文论说性强、笔锋犀利、讽刺辛辣、富于战斗性，游记写景状物，多所寄托。哲学著作有《天说》《天时》《封建论》等。柳宗元的作品由唐代刘禹锡保存下来，并编成集。有《柳河东集》。

## （二）散文中的禅宗思想

唐朝中期，参禅悟道，是文人的风尚。许多文人从禅宗中感悟现实，从而影响他们的文学创作，柳宗元正是这其中的一个。其佛教思想的产生，既与家

庭影响熏陶有关，也与当时社会崇尚佛教以及唐王朝实行儒、道、释三教调和的思想统治策略有关，更与"统合儒释"的思想风气在当时官僚士大夫中盛行有关。除此之外，柳宗元在政治上遭受严重打击，被一贬再贬，"既罹窜逐，涉履蛮瘴"，便于佛益笃。一方面，他受"统合儒释"思想的支配；另一方面，他更需要利用佛教禅宗的"静观默照"来消释和排遣精神上以及肉体上的极端痛苦。柳宗元的大量散文创作，深深地打上了其佛教禅学思想的烙印。

1.就佛言佛，不入一儒语

柳宗元的很多作品直接宣扬佛教旨意，这在释教碑铭文中最为集中。《曹溪大鉴禅师碑》等十一篇碑铭文全部是宣扬佛法、阐述禅意、赞美禅师之文。如《龙安海禅师碑》，赞扬龙安海禅师"北学于惠隐，南求于马素，咸黜其异，以蹈乎中。乖离而愈同，空洞而愈实。作《安禅通明论》，推一而适万，则事无非真；混万而归一，则真无非事。推而未尝推，故无适；混而未尝混，故无归"。这里，柳宗元作此碑文"摭天竺故典"，并非如有人所言，"作绮语赞僧媚佛而谆谆录之"，而是在统合儒释的思想支配下，以符合儒家道德标准的佛教教义来规范人们的行为。柳宗元对佛教宗旨的宣扬，其主要目的就是统合儒释，以佛济儒。他说："真乘法印，与儒典并用，而人知向方。"对此，明代宋濂说得很中肯："盖宗儒典则探义理之精奥，慕真乘则荡名相之籧迹。二者得兼，则空有相资，真俗并用，庶几周流而无滞者也。"

2.借禅宗消解伤痛

永贞革新失败，是柳宗元人生的一个重大转折点，先后被贬永州、柳州并最终死于任上。在自然生活环境和政治处境十分恶劣的南贬生活中，佛禅确实使他暂时摆脱了宦海沉浮带来的精神痛苦，在失衡的人生境遇中重新获得了心灵的平衡。佛禅强调"自性"和"顿悟"，其实质就是要消除一切欲念、愿望、思虑，超越时空、因果，超越一切有无分别，才能挣脱社会现实的烦扰痛苦，获得从一切世事和所有束缚中解脱出来的自由感。柳宗元深参佛禅的"明心见性"的心性说，也称信佛禅所主张的"随处任真""触境皆如"的随缘自适的人生方式。其《送僧浩初序》中云："凡为其道者，不爱官，不争能，乐山水而嗜闲安为多。吾病世之逐逐然唯印组为务以相轧也，则舍是其焉

从。"在这里柳宗元称赞佛僧"不爱官，不争能"的"无心于物"的生活方式，而对"逐逐然唯印组为务以相轧"的尔虞我诈的世俗社会则流露出厌恶舍弃之情。柳宗元有着典范的儒家济世安民的政治理想，积极治世，"以兴尧舜孔子之道，利安元元为务"（《寄许京兆孟容书》）及"以辅时及物为道"（《答吴武陵论非〈国语〉书》）是其参与政治革新的最终目标。在备受贬谪的打击，阅尽世相人生后，才流露出厌恶仕宦、避世离尘之念。熟谙佛理的柳宗元曾言"佛之道，大而多容，凡有志乎物外而耻制于世者，则思人焉"（《送玄举归幽泉寺序》）。这表示他正是为了逃避世俗的名利纷争和现实社会的尘烦俗虑而亲近佛禅的，也正是对佛禅的"即心是佛""无念"等禅义的觉悟开阔了他的人生视野和精神境界，达到了无所滞累、空寂安恬的超世之境。

3.乐山水而嗜闲安

柳宗元的山水游记是他文学创作中最为优秀的部分。柳宗元排遣精神苦痛的渠道有两条：一是在佛理禅机中得以超脱；二是在山水之乐中得以安慰。这是他在遭受惨重打击下相对于无尽苦闷中的短暂快乐。其实，柳宗元的山水之乐也不是孤立的，而是在山水之中感受到了禅意。也就是说，他将优美的山水与幽渺的禅意融会在一起，而感受其中之乐。柳宗元的山水游记饱含诗情画意，《永州八记》是其代表作。宋代汪藻品评说："零陵一泉石，一草木，经先生品题者，莫不为后世所慕，想见其风流。而先生之文载集中，凡瑰奇绝特者，皆居零陵时所作。"无论是静态还是动态，无论是"奥如"还是"旷如"，无论是幽深清净，还是奇特瑰玮，很突出的一点，都体现出了他孤独寂寥、远离尘俗的心境。他的这种心境与禅理融合到一起，"美不自美，因人而彰"，便创作出无不形容尽"牢笼百态"的动人佳作，读之令人悠然有出世外之意。他"借对山水的传神写照表现出一种永恒的宇宙情怀，创造出了专属于柳氏的如雪天琼枝般的清冷晶莹之美来"。柳宗元在优游山水美景中增添了自得自适的情怀，也为我们留下了超脱物外和物我合一的禅趣的感受。

可见，柳宗元喜好自然山水，走进自然山水，并不是简单的模山范水，他于气象万千的自然山水中感受着禅机理趣，追求物我冥化的超然境界，以消除人生感恨和尘世机心。并且，在感悟自然山水时，不断向山水的内在精神深入，将自我精神、品格渗透其中。于是，自然山水成了他人格精神的栖息地。

### （三）散文的艺术性

柳宗元的散文语言简练生动，文风自然流畅，幽深明净。他一生创作丰富，议论文、传记、寓言、游记都有佳作。而以山水游记最为脍炙人口，它们在柳宗元手里发展成为一种独立的文学体裁，柳宗元也因而被称为"游记之祖"。柳宗元山水游记的著名代表作是"永州八记"。这"八记"并非单纯的景物描摹，而是往往在景物中托意遥远，抒写胸中种种不平，使得山水也带有了人的性格。我们以《永州八记》看柳宗元散文的艺术美：

1. "天人合一"的艺术追求

我国文学史上的山水散文，虽在南北朝时期初具雏形，但只限于对自然的热情讴歌。直到唐代，才呈现出人追求与自然合一的倾向。柳宗元可以说是我国山水散文中天人合一艺术追求的第一人。他追求的是"人与大自然合一"的艺术。《始得西山宴游记》（以下简《西山记》）标志着柳宗元天人合一艺术追求的开始。"悠悠乎与颢气俱，而莫得其涯，洋洋乎与造物者游，而不知其所穷"。意思是神思悠悠，与天地元气融为一体，无法找到它的边际；胸怀舒展，与大自然共游，不知它的尽头。"心凝形释，与万化冥合"意思是思虑全消，忘掉了自身的存在，与万物融为一体。这些都是作者精神与宇宙自然的契合。《钴潭西小丘记》（以下简《小丘记》）云："山之高，云之浮，溪之流，鸟兽之遨游，……悠然而虚者与神谋，渊然而静者与心谋。""谋"，即合，契合之意。作者从自然景观写到天人合一与《西山记》相同，但表现的角度和形式却

不同。《西山记》的角度是人向自然的投射、人与自然的契合，而《小丘记》则是自然向人的呈现、自然与人的契合。

2.清幽高洁的艺术境界

清幽的艺术境界，大都是被贬作家艺术心境的投射。作者笔下的一泓潭水是那样的宁谧、平和，四周又绿树环绕，飞泉高悬。动态的流水表

现钴潭的幽深寂静，其用意是营造一种清幽冷寂的艺术境界。"尤以中秋观月为宜，于以见天之高，气之迥，孰使予乐居夷而忘故土者，非兹潭也欤？"文章以其丰富的想象收笔。这里，一股异常幽冷窒闷的气氛在中秋月圆的背景下漫延，一份淡定的情意萦怀，其清幽高洁的艺术境界应笔而出。《小石潭记》以简洁的笔墨描绘小石潭的胜景，营造出凄神寒骨的艺术至境：文章开头以"如鸣佩环"写水声之清脆，则清幽之境初露端倪。"水尤清冽"是全篇的文眼，同时也是凄神寒骨艺术境界的感情基调。

### 3.灵活多样的艺术手法

《永州八记》短小精悍、优美动人，描写手法多种多样。在《西山记》中："凡数州之土壤，皆在衽席之下"，山之高可想而知。"尺寸千里"更说明站在西山之巅，千里之外的山光水色仿佛近在咫尺。作者借"数州之土壤"，千里之景色来烘托西山的高峻、人格的高大，收到不同凡响的艺术效果。以动写静，动静结合。《小丘记》以动态写静景，状物工巧逼真，栩栩如生。作者描写石块的奇形怪状不仅把静态景物写得生动别致、活灵活现，而且这样的奇石点缀在小丘上，给整幅画面带来了盎然生机和勃勃生气。

以实见虚，虚实相生。《小石潭记》中作者的独创性就在于不写水清，只写游鱼，则澄澈之潭水已粼粼映眼。日光下的蓝天、白云、绿树、翠蔓倒映水中，如此神来之笔，恐怕最高明的画师也难以达到这样绝妙的艺术境界，寓情于景，情景交融。《钴潭西小丘记》在作者眼里，清明之景映目，潺潺之声悦耳，空灵之境入神，深幽之气沁心。作者的感情、心神完全与周围景物融为一体了。

# 三、"醉翁之意不在酒"——欧阳修

## （一）生平简介

欧阳修（1007—1072），字永叔，自号醉翁，晚年号六一居士，谥号文忠，世称欧阳文忠公，汉族，吉安永丰（今属江西）人。宋时期政治家、文学家、史学家和诗人。苏轼兄弟及曾巩、王安石皆出其门下。创作实绩亦粲然可观，诗、词、散文均为一时之冠。散文说理畅达，抒情委婉；诗风与散文近似，重气势而能流畅自然；其词深婉清丽，承袭南唐余风。

欧阳修4岁丧父，随叔父在现湖北随州长大，幼年家贫无资，母亲郑氏以荻画地，教以识字。欧阳修自幼酷爱读书，常从城南李家借书抄读，他天资聪颖，又刻苦勤奋，往往书不待抄完，已能成诵；少年习作诗赋文章，文笔老练，有如成人。10岁时，欧阳修从李家得唐《昌黎先生文集》六卷，甚爱其文，手不释卷，这为日后北宋诗文革新运动播下了种子。

仁宗天圣八年（1030年）中进士。次年任西京（今洛阳）留守推官，与梅尧臣、尹洙结为至交，互相切磋诗文。景祐元年（1034年），召试学士院，授任宣德郎，充馆阁校勘。景祐三年，范仲淹上章批评时政，被贬饶州。欧阳修为他辩护，被贬为夷陵（今湖北宜昌）县令。康定元年（1040年），欧阳修被召回京，复任馆阁校勘，编修崇文总目，后知谏院。庆历三年（1043年），任右正言、知制诰。范仲淹、韩琦、富弼等人推行"庆历新政"，欧阳修参与革新，提出改革吏治、军事、贡举法等主张。庆历五年，范、韩、富等相继被贬，欧阳修上书分辩，被贬为滁州（今安徽滁县）太守。至和元年（1054年）八月，与宋祁同修《新唐书》，又自修《五代史记》（即《新五代史》）。嘉祐二年（1057年）二月，欧阳修以翰林学士身份主持进士考试，提倡平实文风，录取苏轼、苏辙、曾巩等人。对北宋文风转变有很大影响。嘉祐三年六月庚戌，欧阳修以翰林学士身份兼龙图阁学士权知开封府。嘉祐五年，拜枢

密副使。次年任参知政事。后又相继任刑部尚书、兵部尚书等职。英宗治平二年（1065年），上表请求外任，不准。此后两三年间，因被蒋之奇等诬谤，多次辞职，都未允准。神宗熙宁二年（1069年），王安石实行新法。欧阳修对青苗法有所批评，且未执行。熙宁三年，除检校太保宣徽南院使等职，坚持不受，改知蔡州（今河南汝南县）。此年改号"六一居士"。熙宁四年六月，以太子少师的身份辞职，居颍州（今属安徽省）。熙宁五年闰七月二十三日，欧阳修卒于家，谥文忠。欧阳修陵园位于河南省新郑市区西辛店镇欧阳寺村。该园环境优美，北依岗阜，丘陵起伏，南临沟壑，溪流淙淙。陵园肃穆，碑石林立，古柏参天，一片郁郁葱葱，雨后初晴，阳光普照，雾气升腾，如烟似雨，景色壮观，故有"欧坟烟雨"美称，为新郑古代八景之一。

## （二）散文中的美学

欧阳修的散文，历代学者推崇备至，誉之为"六一风神"。清代林纾在《春觉斋论文》里对此评论道："世之论文者恒以风神推六一，殆即服其情韵之美。"刘熙载在《艺概·文概》里也说：欧阳公"得骚人之旨为多"，都强调浓郁真挚的情感抒发和幽婉清丽的意境创造，是欧阳修散文一个最为重要的美学特质。

特别是他的《读李翱文》，更是幽情雅韵，萦前绕后，波澜横生而深于情致。文章第一段就分三层，步步推进，先说读了李翱的《复性书》，觉得写得不好，等于在给《中庸》作注，水平高的可以不读，水平低的却又读不懂。接着说读了《与韩侍郎荐贤书》，觉得李翱有愤世之意，认识刚一转，但马上又觉得这可能是出于个人目的，如果他个人能够得志，也许就不会这样愤世了。至此，对李翱的看法虽深入了一层，但情感扑朔而认识摇摆。第三层说读到《幽怀赋》，则是读了又读，爱不释手，对李翱也是向往之至，恨不能和他同时，与他交友，共同商讨问题。短短的一段文字，来了三个大的波折，由否定到怀疑再到赞美，情感起伏跌宕，文章迂回曲折。第二段紧承上文，对《幽怀赋》进行评析，以韩愈《感二鸟赋》为陪衬，突出《幽怀赋》不是感叹个人的得失，而是忧虑国家的安危；不是人们的"叹老嗟卑"，而是忧愤于朝廷以天下之大，竟不能平定区区河北藩镇割据。段末又以"呜呼"领起，通过对比，给李翱以极高评价，对"当时君子"以讥讽，一抑一扬，文笔更显纡徐婉曲。至此，"读后感"似可结束，但文章又翻出新的波澜。在第三段里，先说李翱"幸不生今时"，若生于今时，"则其忧又甚矣"。接着笔锋一转，反问"奈何今之人不忧也？"随后文章又顺势一折，说今时如有以天下为忧的人，也不免遭排斥贬谪；而那些"光荣而饱"的当权得势者，不仅自己不忧时，且厌听"忧世之言"，甚至加以打击嘲讽。

为此，作者深沉地叹息道："呜呼，在位而不肯自忧，又禁他人使皆不得忧，可叹也夫！"于无限悲愤中收束全文。情感幽婉深蕴，风度气韵高雅不凡，文章起伏跌宕，在回旋往复的咏叹中，造成一种纡徐而来的流动感，给人以情的激荡和艺术美的享受。可以说，欧公散文中浓郁的情感抒发，都不是一泻而下的，即使是《与高司谏书》，虽为怒极而作，但面对政敌，仍然是节制从容，一句句、一层层地叙事论理，由远及近，由小到大，由轻至重，经四个大的波折，折折转进，才一步步将高司谏推入不仁不义的绝境。结构之细密，笔力之遒劲，"文之曲折感怆，能令古来误国庸臣无地生活"（林云铭《古文析义》）。像这样依次数落下来，竟能使政敌无地自容，文章威势，可见一斑。

欧阳修倡导的散文革新，在本质上是针对五代文风和宋初西昆体的。但是，宋初某些古文作者，在竞相抛弃华美侈丽时，却又矫枉过正，走上了险怪艰涩的道路，形成了风行一时的"太学体"。欧阳修作为北宋古文运动的领袖，深刻地认识到：无论是侈丽还是险怪，都是不健康的文风，都应予以反对。所以，他不仅发表了许多精辟的见解，从理论上进行纠偏，而且身体力行，以其平淡质直与条达疏畅的散文创作实践，为世人树立了楷模。欧公性情耿直，遇事发愤，有话便说，无所顾忌，作文也是如此。

像庆历三年所作《准诏言事上书》，就提出了"三弊五事"，针对朝廷弊端，揭露尖锐犀利；谈问题则条分缕析，显得平直剀切。特别是对上下因循的情况，分析得更为透辟，指出朝廷政令是朝令夕改，州县官吏则苟且敷衍，虽"符牒纵横"，却无人遵守，对这种种上下相蒙的情况，作

者慨叹道："号令如此，欲威天下，其可得乎！"文章直呈皇上，却毫无讳饰如此，这是要有点胆量的。

他行文自由挥洒，但语言则质朴平实，虽然是综论今古，却毫无艰涩之态，文章既有内涵美和行文美，也具有韵律美和意境美。如《新五代史伶官传序》是有感于后唐庄宗李存勖宠幸伶人，而最后死于作乱的伶人郭从谦之手的一篇史论文章，全文结构紧密，前呼后应，叙事议论交相为用，起、承、转、合得当，章法错落有致；同时运用盛衰对比、欲抑先扬的手法和反复感叹的句式，将作者的深切感慨寄于其中，就显得一唱三叹而情深意长。故清代沈德潜评论道："抑扬顿挫，得《史记》神髓；《五代史》中第一篇文字。"（《唐宋八大家文读本》卷十四）这种着重从政治生活中寻找国家兴亡存败的原因，对穷奢极欲、荒淫腐败的北宋统治者来说，无疑是最有力的告诫，文章的针对性和实用性都是很强的。

### （三）《醉翁亭记》的艺术美

欧阳修的《醉翁亭记》由一个"乐"字统率全篇，醉和乐是统一的，"醉"是表象，"乐"是实质。作者要表达的政治理想，隐含在乐的深处，文章中的"乐"的程度从无到有，由浅入深，步步深化，形成了一个"乐"点，吸引读者闻乐而进，寻乐而掘其趣。"乐"是从写景开始的。作者由远及近，选择了最短的路径，让读者沿途揽胜，渐入佳境。开篇数笔，就提供了一个极富乐趣的环境，初步点明了太守之"乐"的自然原因。而后，他把空间静止的景物放到飞跃的时间中描写，一日间的朝暮变化，一年中的春秋相迭，特别是抓住最能代表四季特征的野花、佳木、风霜、水石的变化，点出山间四时的乐趣所在，这就成为对太守"乐"的自然原因的进一步说明。应当注意的是，面对四时，作者既未伤春，又未厌夏。从自然自造化的神秀中领略山光水色那纯真的美，从而排遣自己的愁怀。其在构筑意与境的和谐美上，让人赏心悦目。

首先，山水相映之美。在作者笔下，醉翁亭的远近左右是一张山水画，有山、有泉、有林、有亭，然而，作者又没有孤立用墨，而是交织一体，既各尽其美，又多样统一。"蔚然而深秀"的琅琊山，风光秀奇，迤逦连绵，苍翠欲滴。群山作为背景，一泉环绕而过。林深路曲，泉流弯旋，则"有亭翼然临于泉上"。这里赖于壮丽的群山映衬，就越发显出山泉的清朗，而亭台又偏偏踞临泉上，则别含另一番风光。这样，无山，则酿泉不美；无泉，则青山孤峙。无亭，则山泉失色；有泉，则亭台增趣。山与泉相依，泉与亭相衬，一幅画中山水亭台，一应俱全，且辉映生色，构置成诗一般的优美境界。

其次，朝暮变化之美。作者写出了醉翁亭早晚变化的优美景色。"日出而林霏开，云归而岩穴暝，晦明变化者，山间之朝暮也"。日上东山，阳光奔泻大地。蓊郁的树林本来被薄纱般的雾气笼罩，经日光一照，雾释露消，又显示出清新翠绿的颜色。而到了傍晚，日下西山，暮霭遍地，岩石穴壑一片昏暗。作者传神地写出早晚不同的景色。由于早晚不同，则作者运笔的色调、气氛有别。早晨有宁静之状，清新之息，傍晚则有昏暗之象，薄暮之气。作者对景色变化的观察既深且细，笔触如丝，根据不同的景象写了相异的境界。

第三，四季变幻之美。作者不仅写出了早晚的景色，而且以醉翁亭为中心，把笔墨进一步铺展开去，描写了四季的景物变化。"野芳发而幽香，佳木秀而繁阴，风霜高洁。水落而石出者，山间之四时也"，确是传神笔致。作者在这里仍然细心地选取最富有特征的景物来加以描绘。芳草萋萋，幽香扑鼻是春光；林木挺拔，枝繁叶茂是夏景；风声萧瑟，霜重铺路是秋色；水瘦石枯，草木凋零是冬景。随四季变换，景物自有不同，各有其境界在，出现了四幅扇面，变化有致，给人以不同的美学享受。同时，四幅扇面又是互相映衬的，春光如海映衬了秋色肃杀；夏日繁茂映衬了冬景寒冽。

总的来说，欧阳修以"醉翁"自称，旷达自放，摆脱宦海浮沉、人世纷扰，在这远离都市的山水之间，把自己的心灵沉浸到闲适、恬淡的情境里，获得了一种平衡、和谐的感受。这种感受渗透在《醉翁亭记》里，使文章如田园诗一般，淡雅而自然，婉转而流畅。

# 四、"时名谁可嗣,父子尽贤良"——苏洵

## (一)生平简介

苏洵,字明允,号老泉,汉族,眉州眉山
(今属四川)人,北宋散文家,与其子苏轼、苏辙
合称"三苏",均被列入"唐宋八大家"。长于散
文,尤擅政论,议论明畅,笔势雄健,有《嘉祐
集》。苏洵出自一个并不显赫的家庭,生于宋真宗
大中祥符二年(1009年),卒于宋英宗治平三年(1066年),终年58岁。苏洵
年轻时不好学习,据《宋史》本传载,他27岁"始发奋为学",但在科举考试
一途颇不顺,先举进士,后又举茂才异等,皆不中。在唐宋古文八大家中,苏
洵功名最薄,官阶最低。在"八大家"中唯独不具进士出身资格,仅在生命的
最后几年做过卑微的小官,始终以"布衣书生"自居,具有强烈的平民意识。

欧阳修很赏识他的《权书》《衡论》《几策》等文章,认为可与贾谊、刘
向相媲美,于是向朝廷推荐。一时公卿士大夫争相传诵,文名因而大盛。嘉祐
三年,仁宗召他到舍人院参加考试,他推托有病,不肯应诏。嘉祐五年,任为
秘书省校书郎。后与陈州项城(今属河南)县令姚辟同修礼书《太常因革礼》。
书成不久,即去世,追赠光禄寺丞。

苏洵是有政治抱负的人。他说他作文的主要目的是"言当世之要",是为了
"施之于今"。在《衡论》和《上皇帝书》等重要议论文中,他提出了一整套政
治革新的主张。他认为,要治理好国家,必须"审势""定所尚"。他主张"尚
威",加强吏治,破苟且之心和怠惰之气,激发天下人的进取心,使宋王朝振
兴。由于苏洵比较了解社会实际,又善于总结历史的经验教训,以古为鉴,因
此,他的政论文中尽管不免有迂阔偏颇之论,但不少观点还是切中时弊的。苏
洵的《权书》十篇、《几策》中的《审敌》篇、《衡论》中的《御将》和《兵
制》篇,还有《上韩枢密书》《制敌》和《上皇帝书》,都论述了军事问题。在
著名的《六国论》中,他认为六国破灭,弊在贿秦。实际上是借古讽今,指责

宋王朝的屈辱政策。《审敌》更进一步揭露这种贿敌政策的实质是残民。《兵制》提出了改革兵制、恢复武举、信用才将等主张。《权书》系统地研究战略战术问题。在《项籍》中,他指出项籍不能乘胜直捣咸阳的战略错误。他还强调避实击虚、以强攻弱、善用奇兵和疑兵、打速决战、突击取胜等战略战术原则。

苏洵的散文论点鲜明、论据有力、语言锋利、纵横恣肆,具有雄辩的说服力。欧阳修称赞他"博辩宏伟""纵横上下,出入驰骤,必造于深微而后止"(《故霸州文安县主簿苏君墓志铭》);曾巩也评论他的文章"指事析理,引物托喻""烦能不乱,肆能不流"(《苏明允哀词》),这些说法都是比较中肯的。艺术风格以雄奇为主,而又富于变化。一部分文章又以曲折多变、纡徐宛转见长。苏洵在《上田枢密书》中也自评其文兼得"诗人之优柔,骚人之清深,孟、韩之温淳,迁、固之雄刚,孙、吴之简切"。他的文章语言古朴简劲、凝炼隽永;但有时又能铺陈排比,尤善作形象生动的妙喻,如《仲兄字文甫说》,以风水相激比喻自然成文的一段描写,即是一例。

## (二) 学杂纵横而为纵横之文

苏洵 27 岁"始发奋为学",闭门苦读,涉猎极广,凡六经百家之书无不穷览。下笔如神,顷刻千言。至和、嘉祐年间,苏洵携其二子苏轼、苏辙至京师,以其文深得翰林学士欧阳修的赏识,以为贾谊、刘向不过如此。并上其所著书,荐"其论议精于物理而善识权变,文章不为空言而期于所用。其所著《权书》《衡论》《几策》二十篇,辞辩宏伟,博于古而宜于今,实有用之言,非特能文

之士也"(欧阳修《荐表》)。一时苏洵名满天下,其文"得而读者皆惊,或叹不可及,或慕而效之。自京师至于海隅障徼,学士大夫莫不人知其名,家有其书"(曾巩《老苏先生哀词并引》)。

苏洵散文之所以独树一帜,便在于其人学杂纵横,其文驰骋博辩,故后世尊为一代文豪。曾巩在《老苏先生哀词》中论及苏洵其人其文:"明允为人聪明,辩智过人,气和而色温,而好为谋略,务一出己见,

不肯蹈故迹。颇喜言兵，慨然有志于功名者也。"这里所谓"好为谋略""颇喜言兵"，即指苏洵所著《几策》《权书》《衡论》等文。自汉武帝"罢黜百家，独尊儒术"以来，纵横之学因其为乱世之学而被正统儒家之流视为异端，其名声极坏，秦汉以后常被斥为邪说。但苏洵却毫不掩饰自己对战国纵横家的赞赏之情，他在《谏论》中即公然宣称："苏秦、张仪，吾取其术，不取其心，以为谏法。"

　　苏洵主张为文要立足于现实，着眼于应用，有所为而作，反对"慕远而忽近，贵华而贱实""游淡以为高，枝词以为观美"的形式主义文风，认为应"言必中当世之过，凿凿乎如五。谷可以疗饥，断断乎如药石可以伐病"（苏轼《凫绎先生诗集序》）。苏洵的散文正是遵循了这一原则，评古以论今，务朝有用于当世。苏洵生年正处北宋中叶，时当王朝积贫积弱，外族频频来犯，内忧外患、危机四伏，所以苏洵针对现实的政治状况和战争失败的教训，"作策二道"，即《几策》两篇。《审势》篇论为政必先审势，提出"尚威"而用"强政"的政治主张；《审敌》篇专门言兵，明示"愚以为天下之大计，不如勿赂"。反对朝廷向西夏和辽贿赂妥协，并提出相应的对策。《权书引》开宗明义："《权书》，兵书也，而所以用仁济义之术也。"《权书》十篇，是苏洵系统研究战略战术问题的军事专著。分别从心术、用人、强弱、攻守、用间等各方面，以及历史上著名兵家成败之例等探讨议论，实为现实有用之言。《衡论》十篇，分别讲"御将"之术，述"任相"之道，言"择吏"之要，论"取士""养才"之法，议"法律"之失，论"兵制""田制"的革新。这些所谓"策谋"，正表现了纵横家的显著特色——"出奇策异智，转危为安，运亡为存"。

## （三）取法纵横而具纵横之风

　　苏洵不仅在理论上取法"纵横"，而且在写作实践中应用之，因而其文颇有纵横之风。他在著名的《谏论》篇中公然宣称："龙逢、比干吾取其心，不取其术；苏秦、张仪，吾取其术，不取其心，以为谏法。"提出应将龙逢、比干的忠诚之心与苏秦、张仪的游说之术结合起来，以达到进谏的目的，这其实就是主张用纵横家的思想来弥补儒家思想的不足。

事实上，苏洵对纵横家是既取其"术"，又取其"心"的。但与纵横家不同的是，苏洵始终坚持儒家仁义为根本和最终目的，而游说之术以及权谋机智等仅是手段，皆为推行仁义服务。这就使苏洵既区别于纵横家，又不同于一般的儒生。《谏论》上篇，从臣下角度出发，论进谏之术。作者对孔子所阐述的讽谏之说提出疑义，并作出补充，主张用游说之术弥补进谏方法的不足，要求进谏之臣机智勇辩如游说之士。认为臣下谏君如得其术，可"百谏百听"。并大肆赞誉战国纵横之士的"机智勇辩"，以之为楷模，总结出"说之术可为谏法者五"：理论之，势禁之，利诱之，激怒之，隐讽之，又列出史实加以论证。

这五种谏法主要是依据《战国策》《史记》《汉书》中所载纵横之士的典型游说事例总结出来的，在纵横家的理论经典《鬼谷子》中都可找到与其相应的纵横术，如"捭阖""抵巇""有以利""有以怒"或"摩而恐之"的"摩"术，以及"象其事""比其辞"的"反复"术等等。只不过苏洵并没有采用与《鬼谷子》中的词语相同的词，而是有所独创。《谏论》下篇，从人君角度入手，论纳谏之术。作者用前临深渊，后有猛虎作比，阐说纳谏之法，认为君主要想使臣子进谏，必须用刑赏立法，"立赏以劝之""制刑以威之"，只有这样才能使勇者、勇怯参半者、怯者都不得不进谏。作者曾指出宋朝"赏数而加于无功"，谏官多次被逐，臣下视相府如"传舍"等诸多不正常现象，可见此篇论纳谏之文并非空发议论，而是有所针对的。将纵横之术化为谏说之法，既是"纵横"随历史潮流而发生的演变，亦是适应时代需要的必然结果。

可以说苏洵是从理论上将"游说之术"化为"进谏之法"的佼佼者。因在理论上提倡，故在写作实践中，苏洵也竭力运用纵横之术。如在《上欧阳内翰第一书》篇中说："执事之文章，天下之人莫不知之……虽然执事之名满于天下，虽不见其文。而固已知有欧阳子矣。"在《上张文定公书》中说："今有人焉，文为天下师，行为天下表，才为天下宗，言为天下法……明公之美不胜颂也。"这无不是运用巧妙的言辞，为对方造就美名，从而博得欢心和信任。也就是《鬼谷子》中所说的"飞钳"之术的实际应用，此"术"被苏洵多次用于上韩琦、富弼、文彦博、欧阳修、张方平等朝廷重臣或地方大员的书中。在散文八大家中，苏洵的独特是相当明显的。他的论辩文大多为经世致用而作，表达对历史及现实的看法和见解，以融通的古今观来分析当时政治上的得失。在他所有的散文中，"论辩"和"书说"所占比重最大，可见苏洵不为无补世教的游戏文字，而是追求有为而作的严肃的创作态度。他的论说文，格调高古，在论辩说理过程中气势如虹，既雄放恣肆，又抑扬顿挫。其文风质朴，虽纵横捭阖，但结构绝不松散，而是以缜密的思维、精妙的布局使文章迁徐起伏，开阖自如。学杂纵横，取法纵横，而使文章尽显纵横之风，这就使苏洵既是一个有争议的人，又是一个独标格调的散文家，在文学史上的地位亦不可忽视。

# 五、"胸中万卷书,笔无尘俗意"——苏轼

## (一) 生平简介

苏轼,字子瞻,号东坡居士,宋代眉州(今四川省眉山市)人,是北宋著名文学家、书画家。父亲苏洵、弟弟苏辙都是著名文学家,世称"三苏"。苏轼诗、词、散文里所表现的豪迈气象、丰富的思想内容和独特的艺术风格,表现了北宋文学的最高成就,而苏轼的散文向来同韩、柳、欧三家并称。苏轼之所以能取得这样的成就,不仅是因为他的创作体现了北宋文学变革所追求的文化理想、审美趋向、卓越的才能和高超的技巧,更重要的是因为苏轼的创作在很多地方突破了北宋文学变革的基本宗旨。

同时,苏轼的思想比较复杂,儒家思想和佛老思想在他的世界观的各个方面往往是既矛盾又统一的。他平生倾慕贾谊、陆贽,在政治上他从儒家思想出发,排斥老庄为异端;然而老庄的"无为而治"思想又同他的"法相因则事易成,事有渐则民不惊"的政治主张有一致性。然而他从儒家出发的比较现实的生活态度,又使他对佛家的懒散和老庄的遗世独立有所警惕,因此他一生在政治上虽屡受挫折,在文学创作上却始终孜孜不倦,没有走上消极颓废的道路。他的文学创作中所表现出的乐观旷达与无可奈何,随遇而安与失意彷徨,深刻地反映了知识分子在封建专制日益强化的时代的内心苦闷。

苏轼散文中的人生思考超凡脱俗,一个重要的原因是作者汲取了儒、释、道三家思想的积极因素。儒家的人世和有为,引导他热爱生活和人生;道家的无为,特别是庄子的影响,又使他淡泊名利,在逆境中也显得从容自如;佛家的静达圆通,则启迪他思想通达。另一个重要原因是作者对审美的人生境界的不懈追求,力图达到对人生功利境界的超越。

## (二) 东坡散文的艺术美

写于元丰五年七月的《前赤壁赋》

是苏轼文学性散文中极为精彩的一篇，充分展示了苏轼对宇宙人生的态度，描写了夜游赤壁的景色以及由此而引发的感受，继承和发展了主客问答的传统赋体的表现形式，反映了作者当时遭贬失意的精神苦闷及自我解脱过程，最终表现了作者旷达乐观的人生态度。《前赤壁赋》是苏轼文学性散文的代表之作，充分体现了苏轼文学性散文的成就和艺术特色。

1. 哲理之美

苏轼的文学思想是文、道并重，但是苏轼的文道观在北宋具有很大的独特性。首先，苏轼认为文章的艺术具有独立的价值，如"精金美玉，市有定价"，文章并不仅仅是载道的工具，其自身的表现功能便是人类精神活动的一种高级形态；其次，苏轼心目中的"道"不限于儒家之道，而是泛指事物的规律。所以苏轼主张文章应像客观世界一样，文理自然，姿态横生，其散文的风格也随着表现对象的不同而变化。

《前赤壁赋》是苏轼政治上失意、行动上不自由、生活贫困、心情极其苦闷的时期。随着政治权利和行动自由的丧失，戴上了"思过而自新"的"罪人"帽子，在沉重的精神压力下，苏轼内心产生了深刻的变化。他开始比以往任何时候更加感慨世事的纷扰和虚无，他哀叹人生如梦，他渴望从那唯一不变而又与世事无争的江上清风、山间明月中，求得慰藉和超脱。《前赤壁赋》采用主客对答赋体的传统手法，主与客都是作者一人的化身。文中的"客"，哀叹人生之短暂，自己的渺小，感叹人生不可与江河相比，人也不能像"飞仙"，无法与江水同存，与明月长终，惋惜人生得到太少，留给后世的只是空白，感到悲观、厌倦。苏轼一番旷达乐观的解述劝服了"客"。苏轼把高深抽象的理论变得直白而易于接受，仍然是水与月，客既然伤心因月因水而起，仍以月以水来冲刷客的哀愁。"逝者如斯，而未尝往也""盈虚者如彼，而卒莫消长也"。月缺月圆，只是形式的变化而已，实际上却一点也没有变。人生亦是如此，虽然人有悲欢离合，生老病死，而人的一生也将有其永恒不变的一面。如果从变化的一面来看，天地只不过是一瞬间而已；如果从不变的一面来看，万物将与我永存，何必去羡慕清风明月江水呢？而随着水与月的长存无穷，每个曾经伴着长江与明月的生命也一样都会长存，都属无穷。这就是所谓的"则物与我皆无尽也"，苏轼向我们传达了乐观旷达的人生态度。

《前赤壁赋》中，苏轼借用具体事物的常理、贴切的比喻和形象的描述，使抽象的道理变得浅显易懂，月夜美景和大江泛舟给他带来了舒畅的心情，使他从水的流逝、月的盈虚中领悟到物的变与不变。之后，他再次劝诫友人："唯江上之清风，与山间之明月，耳得之而为声，取之无禁，用之不竭。是造物者之无尽藏也，而吾与子之所共适。"阐发了物各有其主，不可贪得的道理，倡导在"造物者之无尽藏"中乐观自处，消极中含有一种积极豁达的人生态度，充分体现出苏轼遵循自然常数、乐观旷达的积极人生态度。苏轼处于当时复杂的政治斗争中，在入狱受审并贬谪黄州的沉重打击下，他只能从佛老思想中寻求慰藉，寄情山水，幻想出世，黄州的山水勾起了他对古人的怀念，他触景生情，倾吐了自己对曾经大显身手、建功立业的历史人物崇敬、颂扬的感情，同时也流露了自己治世立业的壮志。在苏轼的散文中我们充分感受到其中蕴涵的哲理之美。

2.意境之美

苏轼的散文，善于从虚处入手，讲究渲染气氛和营造意境，使人处处体会到优美的诗意。苏轼的散文具有诗歌般的艺术感染力，像诗歌一样集中精练地反映社会生活，具有强烈的感情色彩和情景交融的艺术特点。苏轼的散文尽情挥洒，气势宏伟壮丽，借助行云流水般的语言，使文章具有诗的气势和意境。苏轼在《前赤壁赋》中交代了畅游赤壁的时间、地点、人物、活动后即写景。文章通篇以景贯穿，"风"和"月"是主景，山川、江水辅之。首段"风"和"月"开篇，"清风徐来，水波不兴"和"月出于东山之上，徘徊于斗牛之间"几句，极凝练简洁点出风月，写出江景。接着，文章反复再现"风"和"月"形象。诗人泛舟江上，正是初秋时节，秋风徐徐吹来，江面上水波不兴，风平浪静。诗人信笔写来，心情闲适潇洒。写月夜泛舟大江，饮酒赋诗，使人沉浸在美好景色之中而忘怀世俗的快乐心情；再从凭吊历史人物的兴亡，感到人生短促，变化无常，因而跌入现实的苦闷；最后阐发变与不变的哲理，申述人类和万物同样是永久的存在，表现了旷达乐观的人生态度。写景、抒情、说理达到了水乳交融的程度。

"白露横江，水光接天。纵一苇之所如，凌

万顷之茫然，浩浩乎如冯虚御风，而不知其所止；飘飘乎如遗世独立，羽化而登仙"。多么美妙的意境，此时虽是他贬谪黄州期间，然而文字间却见不到一丝忧愁的情绪。诗人所写秋夜月下江景，反衬出了诗人怡情山水，闲适洒脱的心境。这种景物的连贯，不仅在结构上使全文浑然一体，而且还沟通了全篇的感情脉络。《前赤壁赋》借景描写与主客问答的手法，紧扣赤壁的风、月、水，借用江水、清风和明月具体而形象的事物来表达抽象的人生观，将写景、抒情、议论汇于一体，借自然景物说理，以真实情感融会贯通，形象生动，表现作者复杂矛盾的内心世界。虽然苏轼经历过太多的波折，但正是这一份豁达，让他有了超然物外的见识。"苟非吾之所有，虽一毫而莫取。唯江上之清风与山间之明月，耳得之而为声，目遇之而成色，取之无禁，用之不竭，是造物者之无尽藏也，而吾与子之所共适"。于是，"客喜而笑，洗盏更酌"。豪放豁达的苏轼似乎就在我们面前。

### 3. 语言之美

苏轼的散文在语言方面更重视通过捕捉意象，通过声音色彩的组合，来传达自己的主观感受，时常点缀着富于表现力的新颖词汇，句式则是骈散文交杂，长短错落。苏轼的散文具有极高的表现力，随着表现对象的不同而变化自如，像行云流水一样的自然、畅达。苏轼依靠挥洒自如、文思泉涌的方式，将自己对人生、宇宙、现实的看法和态度表现出来。苏轼的散文气势雄放，语言平易自然。《前赤壁赋》是苏轼散文的代表作，语言骈丽、押韵，用韵时疏时密，却又极尽变化之能事，骈散结合、流畅婉转、用韵自由、疏密相间，极见艺术功力，行文有如天马行空，空灵飘逸，自然流畅，如行云流水。全文紧紧扣住江、月、风来叙事、写景、抒情、议论、说理，极为生动形象，又富有理趣。苏轼采用虚拟的主客对答的结构形式，主客对答是赋体中的传统手法。在《前赤壁赋》中，客的观点和感情是苏轼的日常感受和苦恼，而主人苏子所抒发的则是他超脱地俯察人与宇宙的领悟，而这一切则是通过呜呜洞箫、主客设问引起的。

作为一篇文赋，本文在句式和用韵方面是很典型的。就句式而言，全文既有不少散句，又运用了大量排比句和对偶句，有整有散，错落有致。如"西望夏口，东望武昌，山川相缪，郁乎苍苍，此非孟德之困于周郎者乎？"其中"昌""苍""郎"押韵。每段首句或开头几句又多为散句。如首段"举酒属客""少焉"为散句，第二段开头"于是饮酒"是散句，第三段散句更多，第四段则以散句为主。骈句和散句交错使用，用韵错落有致，语言晓畅明朗，行文有如天马行空。这样既显示了传统赋体那种特质和情韵，做到保留而不拘泥，讲究又不为束缚。另外，在散句之中，穿插了一些似对实不对的偶句，如"月出于东山之上，徘徊于斗牛之间""浩浩乎如冯虚御风，而不知其止；飘飘乎如遗世独立，羽化而登仙"，很有韵味悠长之感，幽美的景色与轻松愉悦的心情构成开阔明朗的艺术境界，直接为后文写超然物外的人生哲理作了铺垫。苏轼在《前赤壁赋》中充分利用赋重铺排的特点，思想感情发展过程一波三折。和词相比，它没有词的雄壮豪放，而是显得深沉蕴藉，体现出作者高超的表达能力和语言技巧。

总之，苏轼将儒、释、道融会贯通，嬉笑怒骂皆成文章，成为中国文人士大夫精神的一面旗帜，在中国文学史上留下了不可磨灭的烙印。苏轼在散文创作的题材内容和写作技巧方面进行了新的探索和开拓，开辟了文学散文发展的新道路。苏轼在其散文中表现出的哲理之美、意境之美、语言之美，使我们充分体会到苏轼散文的诗意美，苏轼的思想人格、文学主张、才气成就了苏轼散文的诗意美，也使苏轼的散文成为千古传诵的不朽名篇，在中国文学史上闪烁着耀眼的光芒。

# 六、"汪洋澹泊,有一唱三叹之声,而其秀杰之气终不可没"——苏辙

## (一) 生平简介

苏辙,北宋时眉山(今四川省眉山县,位成都市西南)人,晚年自号颍滨遗老。苏轼之弟,人称"小苏"。苏辙是散文家,为文以策论见长,在北宋也自成一家著有《栾城集》。与其父苏洵、兄苏轼合称"三苏",均在"唐宋八大家"之列。宋神宗年间曾任翰林学士、尚书右丞、门下侍郎等职,为著名散文家,哲宗元祐年间参加过治河争论,为第三次回河的主要反对者。

仁宗嘉祐二年(1057年)与苏轼一起中进士。不久因母丧,返里服孝。嘉祐六年,又与苏轼同中制举科。当时因"奏乞养亲",未任官职,此后曾任大名府推官。熙宁三年(1070年)上书神宗,力陈法不可变,又致书王安石,激烈指责新法。熙宁五年(1072年),出任河南推官。元丰二年(1079年),其兄苏轼以作诗"谤讪朝廷"罪被捕入狱。他上书请求以自己的官职为兄赎罪,不准,牵连被贬,监筠州盐酒税。元丰八年,旧党当政,他被召回,任秘书省校书郎、右司谏,进为起居郎,迁中书舍人、户部侍郎。哲宗元祐四年(1089年)作为权吏部尚书,出使契丹,还朝后任御史中丞。元祐六年(1091年)拜尚书右丞,次年进门下侍郎,执掌朝政。元祐八年,哲宗亲政,新法派重新得势。绍圣元年(1094年),他上书反对时政,被贬官,出知汝州、袁州,责授化州别驾、雷州安置,后又贬循州等地。崇宁三年(1104年),苏辙在颍川定居,过田园隐逸生活,筑室曰"遗老斋",自号"颍滨遗老",以读书著述、默坐参禅为事。死后追复端明殿学士,谥文定。

## (二) 苏辙散文中的另类风格

若将小苏文章与老苏、大苏比较,固然前者偏于阴柔;而如果与欧曾一派

诸家相比，则苏辙文仍有骏发蹈厉、辞采富瞻的一面。名篇《黄楼赋》就是一篇激昂绰厉之作。此文是苏辙应兄长之邀于熙宁十一年（1078年）为徐州黄楼落成而作。熙宁十年（1077年）四月，苏轼由密州改知徐州。七月黄河在澶渊曹村埽决口，八月洪水冲及徐州城下，至十月五日方退。太守苏轼因率领军民抗洪有功受到朝廷嘉奖。次年二月，在徐州城之东门建"黄楼"以纪念此事。黄楼落成后，苏辙应邀作赋，苏东坡见此赋后大为赞赏，亲为书写，并刻碑留存。

文章"叙"的部分首先介绍了苏轼率领徐州百姓战胜洪水的全过程，交代了黄楼的由来，说明了作赋原因。尤其详尽记录了苏轼在抗洪过程中身先士卒的模范行为、救济灾民的功绩以及水灾平定之后增筑城池的远见卓识。叙述委曲，文字精粹。文章"赋"的部分是苏辙的想象之词。写作此文时苏辙正在商丘（当时的南京）判官任上，未及登上黄楼，亦未参加庆典活动。作者虚拟了在庆典活动上苏轼与客人的一番对话，文字铺张扬厉，描写绘声绘色，令人读罢有亲临之感。

赋的前半部分，借客之口，述说了古今河决给徐州百姓造成的灾害。赞扬了苏轼率众抗洪，造福一方的功绩。特别回忆了西汉元光年间，黄河决口徐州化为一片汪洋，郡县无所，百姓流离的惨况。这段文字以叙述为主，兼以抒情，写水灾而抒发"天意难测""人生多忧"的感慨。写法上以散句居多，运骈于散，有一唱三叹之音。赋的后半部分，就苏轼所见，描绘水退之后登览的景色，极尽铺张扬厉之能事。放眼望去：

青山为城。黄河为池，风光秀逸，阡陌纵横，田野错落，屋舍俨然，牛羊悠哉，渔樵自乐；向东望去：众山奔驰，群石西倾，百步洪上，舟楫穿梭，浪涛涌处，人鱼嬉戏；向南望去：楼观巍峨，檐宇翱翔，江流浩淼，汀洲罗列；向西望去：断山迷离，禾麦蒙蒙，群雁南飞，孤鸿长逝，烟波淡淡。白日西沉；向北望去：汴泗合流，汇为深渊，蛟龙盘踞，乌鸦回旋，商贾连樯，至于城隅。

登临远眺，联想到古时英雄皆聚于此，然而历史的云烟浩渺。一切终究化为虚空！凭吊古人，感伤时事，可以悟到变化固然无所不在，而忧患则大可释怀。此段写景多用骈句，境界高远宏大。

唐宋散文与诗词

意境鲜明生动，笔墨夹叙夹议，自然生发出深远的历史感慨，表现了豁达高远的见解。作者胸怀今古，文字纵横捭阖，颇得大苏神韵，所以当时曾有人误以此文为苏轼代作。苏轼《答张文潜书》中说："(子由) 作《黄楼赋》乃稍自振厉，若欲以警发愦者。而或便谓仆代作，此尤可笑。"

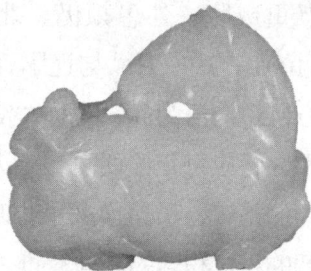

苏辙散文确实以冲雅淡泊、质朴自然为主要特征。但不是说他就没有一些刻意为之的作品，像这篇《黄楼赋》就颇重雕饰。此赋写徐州水患也从溯古开始，时间跨度大，境界错综古今。这篇《黄楼赋》极目四顾、放眼八荒。"东望则连山参差""南望则戏马之台""西望则山断为笙""北望则泗水菔漫"，骈词铺张。宋代许多文人还都兼有理学家的身份，影响到宋朝的文学创作，诗词歌赋无不带有哲理倾向。苏轼的前后《赤壁赋》就寓含了深刻的人生哲理，苏辙此赋也不例外。综观全文，立意正在"今夫安于乐者，不知乐之为乐也。必涉于害者而后知之"一句。作者是要阐明经历此番天降灾祸之后，人更应该超然于荣利得失之外，忘怀忧患，珍惜短暂人生，享受片刻欢愉。

### (三) 苏洵苏辙《六国论》之比较

宋代苏洵、苏辙父子各有《六国论》传世，两篇文章珠联璧合，各放异彩，可称得上是古代议论文的名篇佳作。然而对照起来看，两者的立论角度、论证方式、文字风格各不相同。品评两者的成败得失，或许对今人会有所裨益。

首先，两篇文章都以六国破灭作为议题，借史论政。写借史论政的文章，应该根据时代所提出的问题，从历史材料中选择一个恰当的角度，以便把历史问题的评析同现实的社会问题联系起来，起到以古鉴今的作用。苏洵的《六国论》从"赂秦而力亏"的角度论证六国破灭的原因，最后引出"为国者无为积威之所劫"的历史教训。苏辙的《六国论》则从"韩魏附秦"招致六国相继破灭的角度，批评六国之士的"虑患之疏，而见利之浅，且不知天下之势"。这两篇文章所选择的不同角度，哪个更具有思想性和现实意义呢？联系北宋中期的社会现实来看，答案是显而易见的。

苏洵生活在宋朝比较"承平"的一段时间里。但北宋中期面临辽与西夏的严重威胁，外患频仍。北宋王朝软弱无能，一味屈辱苟安。真宗景德元年（1005 年）一月，与辽国订立屈辱条约：每年给辽银十万两、绢二十万匹，双方以白沟河为界，史称"澶渊之盟"。宋仁宗庆历四年（1044 年），宋与西夏议和，答应每年给西夏银七万二千两、绢十五万二千匹、茶三万斤。这些屈辱和约的签订，虽然换来了暂时的安宁，却给人民增加了沉重的负担，加剧了宋王朝的积贫积弱的局面，推进了它走向灭亡的进程。苏洵是一个有政治抱负的人，写作的主要目的是"言当世之要"，是为了"施治于今"。苏洵的《六国论》抓住"赂秦而力亏"生发议论，实际上是借批评六国的赂秦来影射北宋王朝对辽与西夏的屈辱苟安政策，借六国破灭的教训告诫当权者改弦更张，免得重演覆亡的悲剧。文章的思想性战斗性很强。

苏辙的《六国论》所选取的角度，与当时的社会现实问题却很难联系起来。诚然，"虑患之疏，而见利之浅，且不知天下之势"，也击中了北宋统治者的弊病，不无鞭笞告诫的意味，但北宋王朝毕竟不像六国那样处于分裂状态，它的"虑患之疏，而见利之浅"并非表现在牺牲"韩魏"自毁屏障这一方面。因此，苏辙所选的角度也就缺乏现实的针对性，不可能强烈地震撼人心，迸发出思想光彩和战斗锋芒。

其次，苏洵的《六国论》语气沉稳道劲，意味辛辣而隽永。且以结尾一段为例："夫六国与秦皆诸侯，其势弱于秦，而犹有可以不赂而胜之势；苟以天下之大，而从六国破亡之故事，是又在六国下矣。"这段文字影射现实，讽喻时政，字挟风霜而又委婉出之，有耳提面命之意，而无捶顿足之态，沉着冷峻，令人彻骨铭心。

苏辙的《六国论》则是另一种风味。行文简捷明快，纵横捭阖，势如破竹。开端一节文字："尝读六国世家，窃怪天下之诸侯，以五倍之地，十倍之众，发愤西向，以攻山西千里之秦，而不免于灭亡。常为之深思远虑，以为必有可以自安之计。盖未尝不咎其当时之士虑患之疏，而见利之浅，且不知开下之势也。"这段话长达近百字，一气呵成，文句长，转折多，如长江大河，浑浩流转，气势磅礴，一腔激情全在纸上，与苏洵的沉着冷峻大不相同。

# 七、"曾子文章世稀有,水之江汉星之斗"——曾巩

## (一) 生平简介

　　曾巩 (1019—1083),字子固,世称"南丰先生",建昌南丰(今江西南丰)人。北宋散文家,文学家,"唐宋八大家"之一。宋嘉祐二年(1057年)登进士第,儿童时代的曾巩,就与兄长曾布一道,勤学苦读,自幼就表现出良好的天赋。其弟曾肇在《亡兄行状》中称其"生而警敏,不类童子",而且记忆力超群,"读书数万言,脱口辄诵"。嘉祐二年(1057年),39岁的他才考取了进士,被任命为太平州司法参军,踏上了仕途。翌年,奉召回京,编校史馆书籍,迁馆阁校勘、集贤校理。熙宁二年(1069年)先后在齐、襄、洪、福、明、亳等州任知州,颇有政声。元丰三年(1080年),徙知沧州,过京师,神宗召见时,他提出节约为理财之要,颇得神宗赏识,留三班院供事。元丰四年,神宗以其精于史学,委任史馆修撰,编纂五朝史纲,未成。元丰五年,拜中书舍人。次年卒于江宁府。理宗时追谥"义定"。曾巩在政治舞台上的表现并不算是很出色,他的史大贡献在于学术思想和文学事业。

　　曾巩生活的时代,正是中国封建社会由鼎盛向衰落转化的11世纪中叶。表面上经济的繁荣与政治的稳定,已经掩盖不住那已经显现出来的衰败症兆。面对这种时代的总趋势,有抱负的政治家和希望有所作为的开明君主,力图通过政治改革来扭转局面,但毕竟走不出时代的局限性。在每一场革新与守旧的抗争中,一大批文坛新人迎潮崛起,革新文学样式,阐述自己的政治理想。曾巩就是其中一位卓有建树的大文学家,他不断地从事有关政治利弊和改革措施的探讨,立足于儒家经典,发展经世致用之学。

## (二) 文风探究

### 1. 早期文风的演变

曾巩的文学成就主要在散文方面,他的散文继承和发扬了我国古代散文

"文以载道"的传统。庆历元年，他两次入京，曾"稿其文数十万言"，以游于太学。欧阳修初识其文，便满目骇然。后来，欧阳修在《送吴生南归》一诗中，回忆当时的印象说"我始见曾子，文章初亦然。昆仑倾黄河。渺漫盈百川。决疏以导之，渐敛收横澜。东溟知所归。识路到不难"。这时曾巩的散文正处于一个高论宏裁、放任不羁的阶段。显然，欧阳修正是敏锐地觉察到了他们这一代青年作家在取法前人时过于追求"尚奇"与"任气"的趋向，看出了他们的学步前人还依旧很幼稚。而这种共同性的局面，正反映出一代文坛新秀在功力与学养方面的不足。

曾巩是接受欧阳修疏导最多，也是最有成效的一位作家，但他经历了很长的一个磨练过程。在早期的作品中，曾巩确也用过一些铺张扬厉的方法进行渲染，但这并不是他主要的笔法。恰恰相反，他大部分文章的语言却是迅捷拗折、刚劲有力的。也正是在这种创作倾向中，曾巩早期散文才暴露了它的弱点。也就是说，他说理尽管很率直，但对其分析却往往欠深透，阐发也不展开。因此难免显得局促与粗豪。

首先，在布局上正反相衬，往复取势。他无论论述什么问题，常常是落笔便入题，或者提出观点，然后用对比的方法展开议论；或者开篇即树立一个与主旨相关的对立面，在正反相形中逐层深入地说明道理，最后极自然地归纳出结论。《列女传目录序》是这方面很有代表性的一篇作品。序文的中心是阐述母亲的德行与教育，对作为子女的影响与作用。文章先就《列女传》的流传与整理情况做一些概括的介绍后，立即明确指出，刘向作书的目的是因为"王政必自内始，故列古女善恶所以致兴之者以戒天子"。然后，以大任之娠文王一事为例，环绕着"王政必自内始"这一中心，反复说明上述刘向撰书的意图。这是全文的主体部分，这部分的布局也是十分谨严的。

其次，是注重行文的气势。这是构成曾巩早期散文特色的一个相当重要的因素。曾巩早期散文之所以会那样大量地使用设问与反问句，其原因也就在这里。尤其是反问句式的连用，因其语逼人，不容争辩，以至形成一种置论方于困境的威慑气势，也使自己的议论显得有至高无上的权威性。但是，这种文章必须以深厚的内涵为基础。否则，气愈盛，语愈急，文章便会愈见空虚，这种文章虽然可以以气势夺人，却不会有使人折服的说服力。因此，曾巩早期散文往往底蕴不足。但他有时又选用一种以散性为主，排偶相辅的语句来表达。如《战国策目录序》中论策士的一节文字即属此类。其间有排偶，但基本上还是取散行的形式。这既有利于析理，同时又显示出一种不容争辩的气势，一种无可质疑的权威性。它处处在说策士，实际上又处处是在批判刘向，议论极精湛而生动。运用之妙，在乎一心。

### 2. 后期散文风格

一个作家成熟的艺术风格，集中反映了他独特的艺术个性，曾巩散文的独特艺术个性也是极为鲜明的，朱熹概括为"简严静重"；陈造概括为"密而古"；方苞概括为"淳古明洁"。他们都明确地感觉到了曾巩散文所独具的雍容典雅的艺术个性。最能衬托出曾巩风格特点的，还是欧阳修。就文风论，欧文对曾文最大的影响，一是内容上的载道；二是风格上的深沉温厚。曾巩师从于欧阳修，那么他们之间肯定会有较多的共同点，而他们散文的共同特色是自然简朴。这种自然简朴的艺术性，贯穿在他们二人的散文作品中，无论是叙事议论，还是写景抒情，完全是真实自然流露出的声音。

但是欧、曾散文又有一个显著不同的特色。欧文一唱三叹，有风神之美；曾文婉曲，显得敦厚凝重；欧文重言外意，俛仰曲折，耐久咀嚼，曾文反复致意，明白透彻，少有掩蔽；欧文骨朗神清，偏于虚，曾文旁征博引，近于实。欧文以情胜，故温润蕴藉，曾文以理胜，故严整峻洁。

曾巩从小就为儒学所濡染。以"家传"而论，他全盘接受了其父曾易占的"治天下必先以名教""治道之本先定。其末亦从而举"的思想。所以他的政治观念也是传统的儒学观。这决定了其散文的另外一个艺术特色，那就是字字有法度，句句讲布局，文字显得干净沉着，层次极为清楚，段落分外分明，一目了然，使人更易学习。正如上文提到傍人门户的这种倾向，曾巩的这种依傍并非完全消极的，恰恰相反，这正反映了作家多方取法，并渐渐熔铸成自己独特风格的过程。事实证明，这些因素都或多或少地渗入到了曾巩后期的作品中。曾巩雍容典雅、古奥精深的艺术风格，也就在这种不稳定状态中逐渐陶冶而成。

这个定型期，大概在嘉祐六年（1061 年）前后，即在他校书馆阁时期。在这将近二十年的探索与磨炼中，可被认作是奠定了他后期风格基础的，是他所作的那篇脍炙人口的《墨池记》：

临川之城东。有地隐然而高，以临于溪，曰新城。新城之上，有池洼然而方以长，曰王羲之之墨池者，荀伯子《临川记》云也。羲之尝慕张芝临池学书，池水尽黑。以为其故迹，岂信然邪？方羲之之不可强似仕，而尝极东方、出沧海，以娱其意于山水之间，岂其徜徉肆恣，而又尝自休于此邪？羲之之书晚乃善，则其所能，盖亦以精力自致者，非天成也。然后世未有能及者，岂其学不如彼邪？则学固岂可以少哉！况欲深造道德者邪？

墨池之上，今为州学舍。教授王君盛恐其不彰也。书"晋王右军墨池"之六字于楹间以揭之，又告于巩曰："愿有记。"推王君之心，岂爱人之善，虽不能不以废，而因以及乎其迹邪？夫人之有一能而使后人尚之如此，况仁人庄士之遗风余思被于来世者何如哉！

庆历八年九月十二日，曾巩记。

这篇文章题名为"记"，但正如我们所看到的，其主要内容却不在记叙与摹写景物，而是因小取大，借事立论。文章所叙之"墨池"。乃临川城东一处胜迹，传闻书法家王羲之临池学书之处。王羲之很钦佩张芝的狂草，曾在《与人书》中说："张芝临池学书。池水尽黑。使人耽之若是，未必后之也。"荀伯子作《临川记》却将"临池学书，池水尽黑"一事又进而附会于王羲之，并证于临川城东的墨池。而曾巩则认为这种传闻纯属误传，但同时又认为这种误传又有其可取成分，这些美好的传闻与世代传承下来的说法，对世人有一定的教育意义，也表达了人们对名人的景仰之情。所以，曾巩在指出这些传闻谬误的同时，又扣住"以精力自致，非天成也"，由书法练习推及于求学，再及于修身，因小及大，最后是勉励晚辈要刻苦磨炼，以求成为可影响后世的道德之士，十分发人深省。其蕴藉显得尤为深厚，而这恰恰正是曾巩后期风格特点的一种重要表现。

曾巩语言精于布置，字字有法度，十分注重语言的层次安排，句式选择通读词语的配置，因而有很高的精确性和极明显的层次感。曾巩散文，往往只须寥寥数语，便能清晰生动

地将事物特点及人物内心情感极准确地表现出来。这种功力越到晚年便越显深厚。如元丰元年他从福州召判太常寺，中途忽改知明州时，他写了一篇《移明州乞至京迎侍赴任状》，文中写自首母子冀望相聚的隐衷，始终扣住欲相见又改他任一事来反复诉说，文字既简明，意思又透彻。尤其是"晨昏之恋，既未得伸；迫切之诚，唯知涕泗"两句，把满腹委曲写得神情十足。曾巩的散文显得有章可循，有规矩可学，这是作家在艺术上成熟的表现。

精于布置的另一面是语言呈明显的层次感，曾文在这方面也是颇费斟酌的。他将这种层次感和全文结构的包蕴密致结合在一起，有时正反相形，有时逐次推演。如《墨池记》，因为是夹叙夹议，其语言层次便表现出明显的前勾后连，层层递进的特点。语言层次上的这种苦心安排，必然要导致语句形式的多变。曾巩散文往往按内容表达的需要而选择和使用不同的语言形式，或排偶、或单行、或二者结合。曾巩散文还有纡徐婉曲、包韵密致的特点，"曲"使它易于"柔"；而"密"又使它能于"柔"中见劲折与矫健。一般说来，气势奔放、一泻千里的文章，往往不易显示出婉曲的情致来，而只有漾漾曲涧式的结构，才可藏锋不露。结构一至于婉曲的情致，则会给人从容不迫、舒展和缓的情感。曾巩的不少散文都能以叙事说理见长，与这种婉曲绵密的结构形式有不可分割的关系。

综上所述，我们可以看出曾巩散文风格的大致面目。他的散文立足于现实，如《越州赵公救灾记》，记叙了赵公在越州救灾的情况，描写细致，叙事详尽，表达了作者对人民疾苦的关心。章法严谨，布局分明，而且善于创新。如《抚州颜鲁公祠堂记》中，作者并不是一般的记叙颜真卿的生平，颂扬他的慷慨就义。而是从他多次被贬逐却宁死也不改变心志的角度入手，有力地突出了颜真卿的高风亮节。《答范资政书》以书札的形式，从侧面入手，倾注了自己对范仲俺知遇之恩的感谢。曾巩散文不仅内容广泛，涉及教育、宗教、外事、边疆等很多内容，而且笔法新颖独特，题材多样，奏疏、书信、表状等文体都有涉猎，在当时取得巨大成就，成为一代散文家。

# 八、"不畏浮云遮望眼，自缘身在最高层"——王安石

## （一）生平简介

王安石（1021—1086），字介甫，晚号半山，谥"文"，小字獾郎，封荆国公，世人又称王荆公，临川县人（今江西省东乡县上池村人），汉族，北宋杰出的政治家、思想家、文学家、改革家、唐宋八大家之一。在文学中具有突出成就，其诗"学杜得其瘦硬"，长于说理与修辞，善用典，风格遒劲有力，警辟精绝，亦有情韵深婉之作。著有《临川先生文集》。他出生在一个小官吏家庭。少好读书，记忆力强，受到较好的教育。庆历二年（1042 年）登杨寘榜进士第四名，先后任淮南判官、鄞县知县、舒州通判、常州知州、提点江东刑狱等地方的官吏。治平四年（1067 年）神宗初即位，诏安石知江宁府，旋召为翰林学士。熙宁二年（1069 年）提为参知政事，从熙宁三年起，两度任同中书门下平章事，推行新法。熙宁九年罢相后，隐居于家乡，后病死于江宁（今江苏南京市）钟山，谥号"文"，又称王文公。其变法对北宋后期社会经济具有很深的影响，已具备近代变革的特点，被列宁誉为是"中国十一世纪伟大的改革家"。

他的散文雄健简练、奇崛峭拔，大都是书、表、记、序等体式的论说文，阐述政治见解与主张，为变法革新服务。这些文章针对时政或社会问题，观点鲜明，分析深刻，长篇则横铺而不力单，短篇则纡折而不味薄。《上仁皇帝言事书》，是主张社会变革的一篇代表作，根据对北宋王朝内外交困形势的深入分析，提出了完整的变法主张，表现出作者"起民之病，治国之疵"的进步思想。《本朝百年无事札子》在叙述并阐释宋初百余年间太平无事的情况与原因的同时，尖锐地提示了当时危机四伏的社会问题，期望神宗在政治上有所建树，认为"大有为之时，正在今日"。对他第二年开始施行的新政，无异吹起了一支前奏曲。《答司马谏议书》以数百字的篇幅，针对司马光指责新法为侵官、生事、征利、拒谏四事，严加剖驳，短小精悍、言简意赅、措词

得体，体现了作者刚毅果断和坚持原则的政治家风度。

王安石的政论文，不论长篇还是短制，结构都很谨严，主意超卓，说理透彻，语言朴素精练，"只用一二语，便可扫却他人数大段"（刘熙载《艺概·文概》），具有较强的概括性与逻辑力量。这对推动变法和巩固北宋诗文革新运动的成果起了积极的作用。王安石的一些小品文，脍炙人口，《鲧说》《读孟尝君传》《书刺客传后》《伤仲永》等，评价人物笔力劲健，文风峭刻，富有感情色彩，给人以显豁的新鲜觉。他还有一部分山水游记散文，《城陂院兴造记》，简洁明快而省力，酷似柳宗元；《游褒禅山记》，亦记游，亦说理，二者结合得紧密自然，既使抽象的道理生动、形象，又使具体的记事增加思想深度，显得布局灵活并又曲折多变。

## （二）山水游记中的哲理思想

《游褒禅山记》是宋仁宗至和元年（1054 年）王安石任舒州通判时写的一篇游记式的说理文章。作者以游褒禅山的见闻为喻，阐发了富有哲理性的见解，说明了在生活中要实现远大抱负，成就一番事业，或者是做学问，都必须具有坚强的意志，充沛的精力，坚持不懈，才能达到预期的目的。

这篇文章反映了作者的思想品格和他的治学态度，是他这一时期的代表作品。全文分为三个部分。从开头至"而予亦悔其随之，而不得极夫游之乐之"为第一部分，只写游山的见闻和经过；从"于是予有叹焉"至"此所以学者不可以不深思而慎取之也"为第二部分，主要写游山的感想体会；从"四人者"至"临川忘某记"为第三部分，记游山的同伴和时间，第三部分为古人写游记常用的格式，第一部分记游和第二部分说理则是文章的主体。

第一部分又可分为两层。第一层即第一自然段。文章首句开门见山点明所游之地，照应题目。接着，文章介绍了褒禅山名称的来历，考证了禅院的由来，引出了华山洞的位置及其命名原由的说明，为下一层记游叙述作铺垫。文章进而辨明碑文音读之误，为第四自然段的议论铺设伏线。作者没有运用彩笔去描绘山水的明媚秀丽，而着重通过事物本原的考查和探索，使景物方位分明，作者行踪清楚。这段文字看上去似乎显得"平淡",但是,这都是作者妙笔独运之处。读者可以从"平淡"的记叙中领略景物各自不同的特点,也能从中体会到作者严谨的治学精神。细究这段文字,读者便可发现文章的条理非常清晰。

第二层即第二自然段。这一层作者紧扣一个"游"字,继续游华山洞的经过。第一句写"前洞",仅用了十九个字便概括了它的特征,并为下文游"后洞"作比较、发议论做好准备。第二句写"后洞",处处与前洞作对照,强调了后洞的"窈然""甚寒",以及"好游者不能穷"的奇景。两调相互映衬,险者更险,夷者更夷,给读者留下了深刻的印象。作者用简洁的语言略写了前后洞的概况,便顺势而下,详细地记叙游后洞的情景。为了探求后洞的奥秘,"余与四人拥火以入,入之愈深,其进愈难,而其见愈奇"。这句话既是游后洞经过的概括叙述,又是下文议论的事实依据。由于作者不以记游为文章重点,而是借题发挥,抒发感想,所以下文没有继续写后洞之"深""难""奇"。作者笔锋一转,叙述出洞的原由:"有怠而欲出者,曰:'不出,火且尽。'遂与之俱出。"这一"入"一"出",作者深有感触。他发现洞越深而游者越少,"予之力尚足以入,火尚足以明",只因同游者欲出,自己盲目跟随,为自己"不得极乎游之乐"而悔之莫及;同时,从反面引出了生活中的哲理:无志者,难以事成。作者未能极尽游兴,游的方面内容叙述得少些是很自然的。而游前洞、后洞的继续也都是为下文说理议论作铺垫。

第二部分亦可分为两层。第一层即第三自然段。第一句"于是余有叹焉",承上启下,文章由记游过度到议论。作者先分析"古人之观于天地山川……往往有得",是因为他们不只是观,而更重要的是他们能"求思之深而无不在"。接着,作者联系自己游洞的所见所闻,感到"夫夷以近,则游者众;险以远,则至者少"。由此作者体会到:"世之奇伟瑰怪非常之观,常在于险远,而人之所罕至焉";人们要想在"险以远"的道路上前进,到达预想的境地,"非有志者不能至""力不足者,亦不能至也"。作者在这里揭示了"志""力""物"这三者的辩证关系。首先必须有坚定的志向,其次必须有足够的能力,此外还得有外物的帮助,三者缺一不可。这是作者在这篇文章中借助记游所要阐明的一个重要道理。作者还认为,有力量可以

到达险远境地而未至，他人就会嘲笑，自己也应悔恨；如果尽了自己最大努力而未能到达，别人就不能嘲笑，自己也于心无悔。"此予之所得也"一句，是对这一层议论作结，照应这一层第一句"于是余有叹焉"，文章前后呼应，首尾连贯。

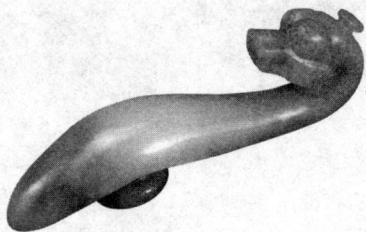

第二层即第四自然段。这一层作者回应第一自然段中"有碑仆道"而就仆碑再作文章，提出了本文另一条重要道理："学者不可以不深思而慎取之也"。在写法上，作者先引自己想到许多年代久远的古书未能流传下来，致使"后世之谬其传而莫能名者，何可胜道也哉"为例证，最后得出"做学问必须深思而慎取"的结论。这一层阐明的做学问须深思而慎取的道理，是对前面提出的要到达险远境地，"志""力""物"三者缺一不可观点的补充，使其更为充实、周密。研究学问除有志、有力、有物相助以外，还得讲究方法——"深思而慎取之也"。至此，读者可以理解作者在第一自然段中选取与治学态度有关方面记游的匠心。

第三部分为文章的结尾，记同游者姓名和游山的时间，这是古代游记散文的常用格式。这段文字既是对"余与四人拥火以入"补叙，又照应了前文，文字紧凑，富有感染力。清代刘熙载认为王安石写文章在取材和立意方面有其独到之处。他说"荆公文是能以品格胜者，看其人取我弃自处地位尽高"。又说："介甫文于下愚及中人之所见，皆剥去不用，此其长也。"（《艺概·文概》）《游褒禅山记》在取材与立意上，确实与众不同。它没有像一般游记详细描绘山景，而只是记了一块仆碑和游华山后洞的情景，其余一概略写或不写。一般游记文章往往寄情山水，娱心悦目，或者抒发羡慕隐逸之情；而这篇游记则是通过游记形式来谈论生活中的哲理和治学精神，蕴意深刻。

这篇文章记叙和议论紧密结合，记叙时句句为后面议论做伏笔；议论时，又处处紧联前面记叙，前后呼应，环环相生，记叙使议论的抽象道理阐述得生动形象，议论使具体的记叙增加思想深度。无论记叙还是议论，作者运笔详略得当，重点突出。游华山洞，作者以后洞为记游重点。第二部分所阐述的两条道理中，说明第一条道理作者用墨如泼，极力渲染；说明第二条道理作者惜墨如金，高度概括。这样详略得当的写法，有力地突出了文章的重点。

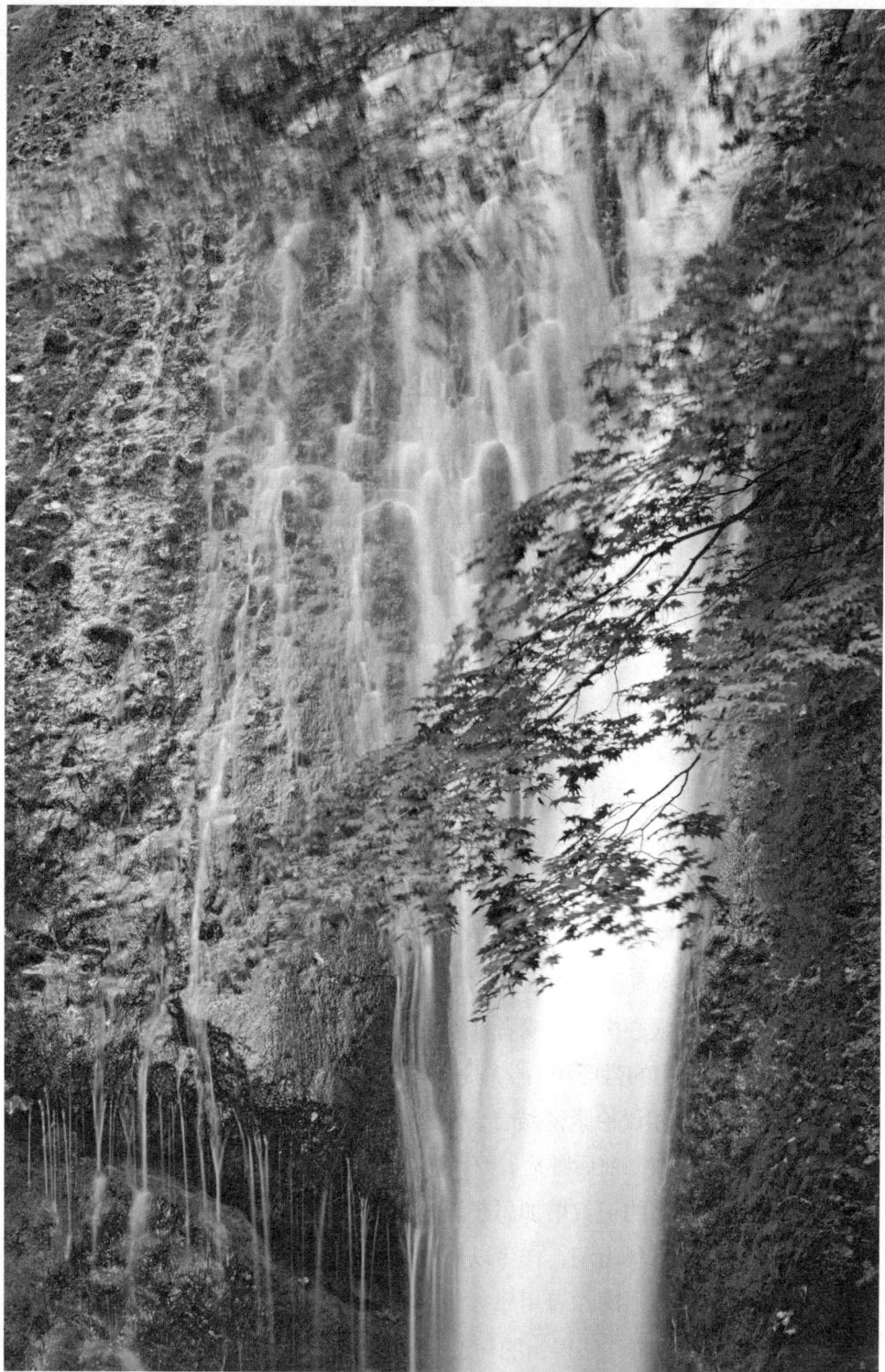

# 南宋中兴四大诗人

　　南宋中兴四大诗人，是尤袤、杨万里、范成大、陆游等四位诗人的合称。陆游无疑是四人中的代表人物；杨万里一反江西诗派的生硬作风；创立了活泼自然的诚斋体。尤袤、范成大流传下来的作品虽少，却也很有个人的独特风格。南宋中兴四大诗人，代表了宋代诗歌的第二次高峰。

# 一、陆游

## （一）家世出身

中国有一首家喻户晓的古诗《示儿》：

死去元知万事空，但悲不见九州同。

王师北定中原日，家祭无忘告乃翁。

这首诗是一位父亲对儿子的临终遗嘱。诗中表达了一个老人至死都不忘因为外族入侵而山河破碎的祖国，因此希望自己的孩子能在光复中原的那一天，告诉他胜利的消息。从这首诗中，一位老人在人生的弥留之际所体现出的强烈的爱国之心跃然纸上。这位老人就是我国宋代最伟大的爱国诗人——陆游。

陆游生于宋徽宗宣和七年（1125 年）十月十七日。他是越州山阴人（今浙江绍兴市），可是他的出生地并不是在山阴，而是在淮水上。因为当时他的父亲陆宰任淮南路计度转运副使，接到皇帝的圣旨，奉调入京，带着家眷从淮水乘船赶往京都汴京，陆游就出生在这次旅途中。

就在陆游出生的这年冬天，我国北方女真族建立的金朝开始大举南侵。当时宋王朝政治腐败，军队也腐朽到毫无作战能力的地步。在陆游两岁的时候，开封陷落；三岁的时候，宋徽宗赵佶、宋钦宗赵桓被抓当了俘虏，发生了历史上著名的"靖康之耻"，一百六十年历史的北宋王朝灭亡。当时号称"兵马大元帅"的康王赵构，从河北逃回南京（今河南商丘），五月一日即皇帝位，改元建炎，是为南宋高宗。赵构没有积极抗战的决心，一味妥协，在金兵的压迫下，仓皇渡江南逃，绍兴八年定都于临安（今浙江杭州），史称南宋。

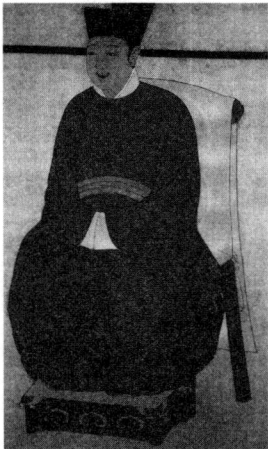

陆游生在腐败不振、国家遭受金人侵略的北宋，成长在民族危机深重的南宋。当时中国的大片土地被金朝占领，百姓生活在水深火热之中。金朝一心想灭亡南宋，在开封陷落之后，仍准备南侵。广大民众英勇地展开了反对妥协投降、坚决抗金、收复中原的斗争。陆游同当时的广大民众一起，经历了国破家亡的痛苦，受到了爱国主义的教育和熏陶。在他三岁的时候，父亲陆宰就带着一家大小先逃到寿春（今安徽寿县），后到山阴。建炎四年

（1130年），金人入侵山阴，陆游一家又从山阴逃到东阳（今浙江金华）。这一段颠沛流离的逃难生活，在陆游幼小的心灵中铭刻了深刻的仇恨。十岁以后，他们回到山阴，居住在乡间。这正是秦桧杀害岳飞、南宋小朝廷向金称臣纳贡之际。往来于陆家的，除了那些爱国的政治家以外，还有很多文人学者。陆游认识了曾几（1084—1166年），并开始向曾几学诗。曾几是南宋初年江西诗派的著名诗人。他反对和议，抵触权贵，为官清廉，是一个有操守的诗人。他不仅在诗学方面教育了陆游，在为人方面也影响了陆游。

陆游出身于官僚地主士大夫家庭。他自称远祖是"凤歌笑孔丘"的楚狂接舆陆通，近祖是唐丞相陆贽，住在吴郡，为吴中朱、张、顾、陆四大姓之一。唐末，陆游所属的一支，自江苏吴县迁浙江嘉兴，又东迁居钱塘。唐灭亡后，厌恶五代之乱，不再为官。吴越王钱时，又迁居到山阴鲁墟务农，所以他也称"先世本鲁墟农家"。到了宋真宗赵恒大中祥符年间，他的高祖陆轸才又通过科举考试，重新恢复为士大大世家。

陆轸，字齐卿，相传七岁能作诗，大中祥符年间进士，宋仁宗康定元年做过会稽太守，皇祐中做过吏部郎中、直昭文馆、赠太傅，以后又做过睦州太守。陆轸生有二子，次子陆珪是陆游的曾祖。陆珪生子四人，其中陆佃就是为陆游所津津乐道的祖父。

陆佃，字农师，号陶山，年轻时跟随王安石学经，是王氏新学人物；因不同意王安石新政，后来被视为"元祐党人"。陆佃因新法得罪王安石，王安石便不和他谈论政事，只以经学任用。因而，陆佃在神宗时任国子监直讲、集贤校理、崇政殿说书，宣讲王氏新学。哲宗时，司马光做宰相，打击王安石党，王安石的门生故旧都不敢和其来往。王安石死后，陆佃前往哭祭，可见他不忘旧情。后来因为修撰《神宗实录》，任礼部尚书。徽宗即位，召为礼部侍郎，修《哲宗实录》，做吏部尚书。曾出使辽国，归来后写有《使辽语录》，拜尚书左丞，赠太师、楚国公。后被罢免，做亳州知县，不久去世。陆佃著书二百四十

卷，成为陆氏家学。他还长于诗文，尤长于七言近体诗，作有《陶山集》十六卷。

陆游的父亲陆宰，字元钧，号千岩，师承陆氏家学，也是王学人物，富有学术。陆佃撰《春秋后传》二十卷，陆宰作《春秋后传补遗》一卷。他爱好诗文，也能作诗。徽宗政和年间做过淮西常平使者，宣和末年，做过转运副使、赠少傅、会稽公。南渡后，高宗建炎四年间，在山阴居住。后来受到秦桧的排挤，不再为官。虽然赋闲在家，退居林下，但仍时常牵挂国家兴衰与民族危亡，与当时的爱国士大夫讲到国仇时，经常食不能咽、水不能进、悲不自胜。父亲的这种爱国思想，深深影响着陆游。

从陆游的家庭来看，对他的成长的确有许多积极影响。那就是：具有浓厚的学术气氛；自陆佃以后，又是富国强兵的王安石新学的传播者，富有爱国主义思想；对诗文的爱好成为家风；生活比较清贫。这样的家世传统，对于陆游成为一位热爱祖国、关心人民疾苦的爱国诗人，都起到了积极的作用。陆游长于七律，更是与陆佃、陆宰的诗文造诣分不开。

陆游生活在民族斗争极为尖锐的南宋时代，并有较长时间和人民群众接触。在反抗民族压迫的时代里，抗金的正义呼声和可歌可泣的英雄行动，推动陆游继承了家族的优良传统，积极参加抗金斗争，反对妥协投降。在文学上他更是向前辈诗人学习，向民歌学习。战斗的时代、英勇的人民和前辈诗人以及家族的爱国传统，终于把他培养成为一位爱国诗人。中国的历史长河里，有不少的爱国诗人，但是像陆游这样，有生之年几乎无时无刻不胸怀爱国之情的作家，依然是凤毛麟角。

## （二）曲折爱情

宋高宗绍兴十四年（1144 年）正月十五，陆游到临安城的舅父唐闳（字仲俊）家，第一次见到了表妹唐琬。

唐琬自幼文静灵秀，才华横溢，不善言语却善解人意，与陆游情投意合。两人青梅竹马，虽然兵荒马乱，但两个不谙世事的少年仍然相伴度过了一段纯洁无瑕的美好时光。随着年龄的增长，一种情愫在两人心中渐渐滋生了。

当时的陆游已经20岁，对唐琬的情意更深了。这一年，陆游的父亲年近花甲，身体也不太好，他希望在自己的有生之年能看到陆游成亲，于是向唐仲俊提出这门亲事。

青春年少的陆游与唐琬都爱好诗词，他们常借诗词互诉衷肠，花前月下，二人吟诗作对，互相唱和，丽影成双，宛如一双翩跹于花丛中的彩蝶，眉目中洋溢着幸福和谐。两家父母和众亲朋好友，也都认为他们是天造地设的一对，于是陆家就以一只精美的家传凤钗作信物，订下了这门亲上加亲的婚事。在陆游20岁那年，唐琬嫁入陆家。

从此，陆游、唐琬更是情爱弥深，沉醉于两个人的天地中，不知今夕何夕，把课业科举、功名利禄，甚至家人至亲都抛到了九霄云外。陆游此时已经荫补登仕郎，但这只是进仕为官的第一步，紧接着还要赴临安参加"锁厅试"以及礼部会试。但新婚燕尔的陆游根本无暇顾及应试功课。陆游的母亲唐氏威严而又专横，她一心盼望儿子金榜题名，光耀门庭。所以，眼下的状况，让她大为不满，几次以姑姑的身份、更以婆婆的立场对唐琬大加训斥，责令她以丈夫的科举前途为重，先把儿女私情放在一边。但陆、唐二人依然如胶似漆，情况始终未见改善。陆母因此对儿媳大为反感，认为唐琬简直是陆家的扫把星，必将耽误儿子的前程。

据说陆游的母亲唐氏曾到郊外无量庵，请庵中尼姑妙因为儿子、儿媳卜算。妙因一番掐算后，煞有介事地说："唐琬与陆游八字不合，唐琬先是对陆游予以误导，久而久之，陆游终必性命难保。"陆母闻言，吓得魂飞魄散，急匆匆赶回家，叫来陆游，强令他道："速修一纸休书，将唐琬休弃，否则老身将与之同尽。"这一句，无疑是晴天霹雳，一时让陆游不知所措。待陆母将唐琬的种种不是历数一遍，陆游更是心如刀绞——素来孝顺的他，面对态度坚决的母亲，除了暗自饮泣，别无他法。

就这样，两年过去了，陆游的父亲身染重病，常常卧床不起；而唐琬又未能生下一儿半女，因此，陆母的心情更加烦躁，也更讨厌唐琬，经常借故对她严加训斥。唐琬百般容忍，但仍得不到婆婆的宽恕。陆游也一次又一次地替妻子向母亲求情，但都遭到了母亲的责骂。最后，在母亲的逼迫下，陆游和唐琬终于劳燕分飞。

在封建礼教的压制下，父母之命，难以违抗。虽然陆游和唐琬感情很深，不愿分离，但还是无能为力。陆游只得答应把唐琬送归娘家。一对有情人无奈走到了"执手相看泪眼"这一步。这种情形在今天看来似乎不合常理，两个人的感情岂容他人干涉？但在崇尚孝道的封建社会，父母之命就是"圣旨"，为人子不得不从。就这样，一双情深意切的鸳鸯，被无由的"孝道"、世俗功利和虚玄的命运八字活活拆散。陆游与唐琬难舍难分，不忍就此分离，于是陆游暗地里在外面找了一所房子安置唐琬，一有机会就前去与唐琬相会。无奈纸总包不住火，精明的陆母很快就察觉了此事，严令二人断绝来往。陆游知道这种关系实在不是长久之计，万般无奈之下，只好忍痛与心爱的人分离。这时，他们结婚还不到三年。

又过了一年，陆游的父亲病故了。后来，陆游依母亲的心意，另娶温顺本分的蜀郡人王氏为妻，唐琬也迫于父命嫁给皇家后裔同郡士人赵士程。一对年轻人的美满婚姻就这样被拆散了，但二人心中的情愫却难以割断。

十年后，也就是宋高宗绍兴二十四年（1154年），陆游进士落榜。遭受打击的他回到山阴家中，满腔的不得志，使他百感交集，苦闷异常。

山阴人有游春的风俗。特别是在三月初五——相传这天是禹的生日，当天去会稽县东南的禹庙游玩的人最多，不论贫富，倾城俱出，携带酒食，来禹庙游赏。这一年，就在禹生日这天，陆游满怀忧郁的心情独自去了禹庙，不知不觉中逛到附近的沈园。正当他独坐独饮、借酒浇愁之时，居然与唐琬及其改嫁后的丈夫赵士程不期而遇了。

陆游心中涌起无限感慨，尽管这时他已与唐琬分离多年，但仍然无法割舍对唐琬的情感。想到唐琬本来是自己的爱妻，而今却改嫁他人，悲痛之情顿时涌上心头，陆游放下酒杯，正要抽身离去。不料这时唐琬征得赵士程的同意，给他送来酒菜，陆游看到唐琬这一举动，体会到了她的深情，两行热泪凄然而下。他举起酒杯，一饮而尽。酒入愁肠，更使陆游感到惆怅哀怨，便提笔在园内墙壁上题

了一首《钗头凤》：

红酥手，黄縢酒，满城春色宫墙柳。东风恶，欢情薄，一怀愁绪，几年离索。错，错，错！

春如旧，人空瘦，泪痕红鲛绡透。桃花落，闲池阁，山盟虽在，锦书难托。莫，莫，莫！

陆游在这首词里抒发了爱情遭受挫折后的伤感、内疚，对唐琬的深情爱意，以及对他母亲棒打鸳鸯的不满情绪。

陆游题词之后，又深情地望了唐琬一眼，便怅然而去。陆游走后，唐琬孤零零地站在那里，将这首《钗头凤》词从头至尾反复看了几遍，再也控制不住自己的感情，失声痛哭起来。回到家中，她愁怨难解，于是也和了一首《钗头凤》：

世情薄，人情恶，雨送黄昏花易落。晓风干，泪痕残，欲笺心事，独语斜阑。难，难，难！

人成各，今非昨，病魂常似秋千索。角声寒，夜阑珊，怕人寻问，咽泪装欢。瞒，瞒，瞒！

这首词深刻地揭示了唐琬内心的哀怨痛苦，同时又对破坏美满婚姻的封建礼教表达了强烈的控诉。自写了这首词以后，唐琬忧郁成疾，没过多久就去世了。

此后，陆游北上抗金，又转川蜀任职。但几十年的风雨生涯，始终无法排遣他心中的眷恋。63岁时，他又写了两首情词哀怨的诗：

采得黄花作枕囊，曲屏深幌闷幽香。

唤回四十三年梦，灯暗无人说断肠。

少日曾题菊枕诗，囊编残稿锁蛛丝。

人间万事消磨尽，只有清香似旧时。

陆游67岁重游沈园，又看到当年题《钗头凤》的半面残壁，触景生情，感慨万千，于是又提笔写诗感怀。诗中小序曰："禹迹寺南有沈氏小园，四十年前尝题小阕壁间，偶复一到，而园主已三易其主，读之怅然。"

枫叶初丹叶黄，河阳愁鬓怯新霜。

林亭感旧空回首，泉路凭谁说断肠。

坏壁醉题尘漠漠，断云幽梦事茫茫，

年来妄念消除尽，回向蒲龛一炷香。

陆游75岁时住在沈园的附近，又写下绝句两首，即《沈园》诗二首：

城上斜阳画角哀，沈园非复旧池台。

伤心桥下春波绿，曾是惊鸿照影来。

梦断香消四十年，沈园柳老不飞绵。

此身行作稽山土，犹吊遗踪一泫然。

陆游的爱是如此深沉，生死不已，以致在"美人作土""红粉成灰"几十年之后，还能用将枯的血泪吟出这样的断肠诗句。

陆游一直对唐琬不能忘情，在临逝世的前一年又写下了这样哀婉的诗句：

沈家园里花如锦，半是当年识放翁。

也信美人终作土，不堪幽梦太匆匆。

这一幕婚姻悲剧，在陆游的心灵里留下了难以弥合的创伤，至死也无法释怀。他在82岁那年仍这样写道：

学道当于万事轻，可怜力浅未忘情。

孤愁忽起不可耐，风雨溪头姑恶声。

姑恶是水鸟，相传为姑虐其妇，妇死所化。在此诗中，诗人无疑是借水鸟姑恶，寄托了对母亲的不满。从"姑恶声"，很自然联想起自己的婚姻悲剧，这种"孤愁"是让人无法忍受的。在报国无门的情况下，婚姻悲剧更加重了他的苦闷情绪。

## （三）坎坷仕途

绍兴十三年（1143年），陆游年19岁，恰逢科举之年。这一年他在绍兴府参加了以诗赋为主的进士科的考试，中选后被推荐到礼部应试。此时的他对前途充满了幻想，希望可以进入仕途，建功立业，实现他为国为民的抱负。在这种乐观的心情下，他立下了"上马击狂胡，下马草军书"的英雄志愿。

陆游这次礼部考试不中，怀着报国无门的苦闷心情回到山阴故里。落第的原因不是他诗

文不好，而是他"喜论恢复河山"的文章，难以得到秦桧一党的考官的赏识。

绍兴十八年，陆游24岁，其父陆宰去世。在三年守丧期间，陆游不能参加科举考试。当然，在秦桧当权期间，对于陆游来说，即使参加考试，恐怕也难以及第和进入仕途。

到了宋高宗绍兴二十三年（1153年），南宋王朝为了粉饰太平和笼络知识分子，在临安举行两浙地区的科举考试。这一年，已经29岁的陆游参加了这次考试。这次考试的主考官陈之茂（字阜卿），是一位主张抗金的官员。当时，秦桧要陈之茂把第一名给他的孙子秦埙。可是当陈之茂细心批阅考卷时，发现有一份试卷文章写得非常精彩，且是讲恢复大业的，语句通达流畅，字里行间充满了爱国热情，读来令人深受感动。后经核查字号，这篇文章是出自一名叫陆游的考生之手，考官毫不犹豫地把陆游评为第一。这件事让秦桧非常气愤，从此怀恨在心。

第二年春天，南宋中央官署六部之一的礼部复试在临安举行。陆游满怀信心地参加了这次考试。他觉得自己在这次考试中发挥得比上一次要好，对恢复失地、坚持抗金的主张论述得比较透彻。如果能够取得功名，他就可以为国效力了。但事与愿违，满怀希望的陆游又一次落榜了。原来陆游这次考试的成绩本来很好，名列榜首，但录取名单上报后，秦桧一眼看到了陆游的名字，这立刻触动了他的旧恨，于是他公然把陆游的名字划掉了，而把自己的孙子秦埙列为第一名。

这件事给了陆游很大的打击，他不得不又回到山阴故里。当时的陆游"穷山读兵书"，作好了未来报国杀敌的准备。

陆游出头之日终于到了。绍兴二十五年（1155年）秦桧死后，朝野人士纷纷议论边疆大事，主张抗金；北方人民也盼望南宋政府早日收复失地。赵构在抗金舆论的压力下，不得不暂时斥退投降派，起用抗战派。

绍兴二十八年（1158年）秋天，陆游以恩荫出任福州宁德县主簿，时年34岁。主簿是地方县级小官，掌簿书等事。第二年的秋天，陆游改调福州决曹。决曹是管理刑法工作的，官阶仍然与主簿相同。

宋代官吏任职期限一般为三年。宋高宗绍兴三十年（1160年），陆游奉调回到临安，担任敕令所的删定官。这种官职主要是编辑朝廷公布的法令，事务并不很繁忙。删定官虽是小官，但到底是京官，接近庙堂，对于推动朝廷转向抗金，有直接影响。因而陆游非常重视这一官职。这时的陆游还对宋高宗存有幻想，便开始言事。他希望宋高宗放弃妥协投降的政策，励精图治，加强中央集权，积蓄抗金力量。

陆游来到临安之后，结交朋友的范围扩大了。他结交了许多爱国志士，与国家民族共生死，他们相互勉励，积极组织抗金力量。但他们的热情不久便受到了打击。绍兴三十一年，陆游被罢免官职，又一次回到山阴。

绍兴三十二年（1162年）六月，宋高宗退位，把皇权交给自己的养子、年已36岁的赵昚，这就是宋孝宗。赵昚做皇帝后，第二年把年号改为"隆兴"，表示要振兴国家。趁金兵南侵溃败，进行北伐，一举收复失地。为此他驱逐了一批误国投降的秦桧党羽，并任命主战将领张浚为枢密使，南宋政府一时又弥漫着浓厚的抗金气氛。

在这时，陆游也调到了枢密院担任编修官。枢密院是南宋王朝的中央军事领导机构。编修官的职责在名义上是编纂文件，实际上就相当于草拟文件的秘书。

宋孝宗认为陆游很有才能，富有爱国热情，又有政治远见，于是特地赐给他进士出身，这时陆游已经38岁。宋代以科举选拔任用官员，对资历看得很重，陆游却是破例以文章进用，担任编类圣政所检讨官，修编《高宗圣政》及《实录》。《高宗圣政》草创凡例二十条，多出陆游手笔。这是陆游第一次担任史官。

南宋偏安以来，已有36年，统治阶级腐化堕落，加上投降派长期得势，纪律松弛。因而宋孝宗的某些改革诏令，在官吏和将帅中遇到很多阻挠。这一年十一月，陆游为了争取北伐的胜利，上书宋孝宗，首先提出了国家诏令的威信问题，要让大小文武官员知道诏令不可怠慢，借以增强抗金力量。同时，陆游劝谏孝宗"爱民""恭俭"，减轻对人民的聚敛，改善人民的生活，以积蓄国力。

到隆兴元年（1163年），孝宗曾采纳主战派张浚的北伐意见，对敌反攻。张浚担任枢密使，都督江淮军

马。陆游积极支持张浚北伐，提出了"熟讲而缓行"的策略，要做好充分的准备，不要打无准备的仗。对于北伐进军的计划，陆游主张用兵要稳扎稳打，反对孤军深入京东，纠正了张浚重兵深入京东的冒险想法。抗金最终失利，主和派又抬头，孝宗起用秦桧余党汤思退为丞相，罢免了张浚。汤思退正式与金人议和，签订了"隆兴和议"。

在这样的情势下，陆游也受到投降势力的排挤，隆兴二年（1164年），离开临安，调往镇江府任通判。宋孝宗乾道二年（1166年），陆游虽然已调任镇江通判，但还是以"力说张浚用兵"的罪名，被罢免了官职。这年三月，年已42岁的陆游，从南昌取道回乡。

自从南昌免归之后，陆游在故乡闲居了三年。宋孝宗乾道四年（1168年），从前的侍御史（宋代中央监察机关的长官）陈俊卿做了右丞相，他和陆游在镇江时就相识了，当时陈俊卿还在张浚幕府中的参赞军事。随张浚到镇江时，陈俊卿经常住在陆游的通判衙门里。每次相见，他们都热烈地讨论抗金大业，陈俊卿得到右丞相任命后的第二年，陆游也得到任用，被召用为四川夔州府通判。

陆游在夔州任满三年，恰好王炎来做四川宣抚使，邀请陆游去做他的幕宾，担任四川宣抚使公署干办公事，并兼任检法官。王炎是一个主战派的人物，才能出众，西北一带的军力、财力和人力都集中在他手里。陆游把他比做萧何、裴度，期望他能完成恢复中原的大业。

当时，四川宣抚使的行政办公地点设在兴元府南郑县（今陕西汉中）。这里是西北的抗金前哨，在地理上占有非常重要的位置。军队驻防在这里，北面能够掌握关中地区，南面容易保障蜀中的安全，西面可以控制秦州一带，东面又能直达襄阳。因此，这里不仅成为宋金必争之地，而且也是恢复中原的一个根据地。陆游到南郑前线军事机关供职，想起早年立下的报国志愿终于可以实现了，心里特别雀跃。

陆游来到南郑以后，与王炎意气相投，感情融洽。陆游希望王炎恢复中原，便向王炎献进取之策。陆游认为，关中富饶，又处于敌人的侧面，东面有崤函这样的地势，可以积粟练兵，遇到挑衅也可以反攻；没有战事的时候更可以闭关退守，防御敌人。所以恢复中原应以关中作为根据地。陇右处于长安的后方，要夺取长安，必先夺取陇右。这是陆游到汉中以后所提出的一套完整的恢复计划。

"隆兴和议"之后不久，宋孝宗赵昚也像宋高宗赵构似的患了"恐金病"。他虽然加强边防和筹谋恢复，表面上作着跃跃欲试的姿态，但骨子里还是以防御为主。对于出兵的事，南宋统治集团都是谈虎色变的。作为南宋统治集团重要人物之一的王炎，也必然能体会到宋孝宗的意图，所以虽然他赞同陆游的进取之策，但又不能立即采纳，因为没有皇帝的命令，任何人都不能擅自出兵作战。陆游在晚年想起这件事来，仍然感到遗憾。

南郑是西师的重镇，扼踞入蜀的咽喉，南可作巴蜀的屏障，东北可以经略中原，东达襄邓，西控秦陇，且处于西北的最前线。陆游来到南郑之后的那一年秋天，王炎以十万兵力防御金兵在秋高马肥时进犯，这也是每年秋天常有的事。陆游身着戎装，亲自参加了秋防，实现了他多年来为国从戎的志愿。

陆游还经常与士兵们一同巡逻，侦察敌人的动态。军队生活虽然艰苦，但是在爱国热情的支持下，她的心情是愉快的，而且对胜利前途充满了信心。"楼船夜雪瓜州渡，铁马秋风大散关"，这段军旅生活成了陆游一生的自豪与光荣。

这一年的九月，宣抚使王炎奉调回临安担任枢密使，幕僚也随之散去，陆游也从此结束了南郑的戎马生涯。

乾道九年（1173 年）的春天，陆游在成都安抚官署任参议官。成都府安抚使是地方军民的长官，而参议官则是一个空头衔，没有具体的公务。

不久，陆游担任了蜀州（今四川崇庆县）通判，后来又代理嘉州（今四川乐山县）的政务。宋孝宗抗金意向的不坚决，影响了主张抗金的虞允文的进军。局势的沉闷，使得年近半百的陆游心情异常苦闷，特别希望自己能再次拥有随军远征、打击敌人的机会。孝宗淳熙元年（1174 年）二月，四川宣抚使虞允文逝世，陆游也结束了嘉州的工作，又回到蜀州任通判。

淳熙二年（1175 年），范成大担任四川制置使，召陆游担任参议官，于是陆游又来到成都。

范成大和陆游是好朋友，这次陆游来成都参议戎幕，对范成大抱有很大的希望。陆游以为范成大更能了解他，通过范成大可以实现他的恢复计划，完成驱逐金人的大业，以雪国耻。可是在与范成大的相处中，陆游的希望变成了失望。陆游寄意恢复，主张随时做好军事准备，等待时机北伐，而范成大则是全力守边，无意恢复。范成大始终对陆游很客气，在处理日常公务之外，他们经常饮酒赋诗，互相唱和。从诗的思想内容来看，他们的思想大不相同，范成大的诗多写身边琐事，陆游则寄意恢复。这一年的九月，言官们弹劾陆游"燕饮颓放"，陆游因此受到罢免的处分，担任主管台州桐柏崇道观的闲职。而针对"燕饮颓放"，陆游说："这个说法别致得很，就作为我的别号吧。"从此以后，他自称"放翁"，后人也称他为"陆放翁"。

陆游受到这次打击以后，心里非常苦闷，也很悲观。漫步在一座驿站的旁边，望着细雨中年久失修、早已破败的驿站，他忽然看到驿站外面断残的小桥旁边开着一株梅花，孤独地挺立在那里，非常冷清。于是他即兴填了一首《卜算子·咏梅》：

驿外断桥边，寂寞开无主。已是黄昏独自愁，更著风和雨。

无意苦争春，一任群芳妒。零落成泥碾作尘，只有香如故。

这首小词寄寓着陆游的深情，他以遭受风雨摧残和群花妒忌的梅花自喻，表达了自己对抗金理想的坚持，也反映了他不愿与主和派同流合污的气节和孤芳自赏的性格，与其他咏梅的诗歌相比，这首词别具一格，别致深邃。

罢官后的陆游，尽管与范成大的政治观点不尽相同，但两人仍然保持了亲密的友谊。

淳熙四年（1177 年），范成大奉诏东还临安。陆游感到有些怅然，作《送范舍人还朝》诗一首。在这首诗里，他希望范成大回朝以后，能说服孝宗赵昚，早日举兵北伐，实现先取关中、次取河北的抗金计划。但是，南宋统治者根本不以国事为重。因此，陆游对统治者的腐败无能和妥协投降不能不感到愤恨。他在这一年写下《关山月》一诗，对统治阶级的"文恬武嬉"、醉生梦死的现实作了集中而有力的揭露：

和戎诏下十五年，将军不战空临边。

朱门沉沉按歌舞，厩马肥死弓断弦。

戍楼刁斗催落月，三十从军今白发。

笛里谁知壮士心，沙头空照征人骨。

中原干戈古亦闻，岂有逆胡传子孙？

遗民忍死望恢复，几处今宵垂泪痕！

这首诗用对比手法，概括了当时广大人民和爱国志士与投降派的矛盾。从多个角度斥责了南宋封建统治者恃和苟安，不修武备，沉湎声色的种种罪恶，抒发了戍边战士报国无门、虚掷年华的愤懑，表达了中原人民垂泪忍死、盼望恢复的痛切心情。诗中对南宋统治者的揭露和批判是很深刻的。

淳熙五年秋天，陆游回到临安，这时他已 54 岁，孝宗在便殿召见了他，但并未重用，只不过派他到福建、江西做了两任提举（掌管）常平茶盐公事的地方官。

淳熙七年，陆游被罢官回家，闲居山阴。直到淳熙十三年（1186 年），他 62 岁时，才又被起用为严州（今浙江建德县）知州。

陆游虽被起用，但由于投降派的专权，他的报国理想始终无法实现。因此，他常常感到压抑和愤慨。如《书愤》一诗，通过追述壮年时"塞上长城"的抱负与"世事多艰"的现实遭遇，抒发了自己壮怀不得实现的苦闷和对主和派误国的愤恨。结尾提到三国时蜀相诸葛亮及其所作的《出师表》，表达了自己想同诸葛亮一样挥师北上、为"兴复汉业，还于旧都"而驰骋疆场的壮志豪情。

严州在临安西南，140 年以前，陆游的高祖父陆轸曾在这里做过知州。现在他又来这里做官，他的工作态度是勤勤恳恳的。他办事认真负责，收到了良好的效果："民租屡减追胥少，吏责全轻法令宽。"

淳熙十五年（1188 年），陆游严州任满，卸职回家，不久奉诏到临安担任军器少监。第二年改任礼部郎中兼实录院检讨官，修《高宗实录》，这是陆游第二次担任史官。这时，孝宗赵昚让位于儿子赵惇（宋光宗）。赵惇即位之初，陆游曾连上了几道奏章，切中时弊，劝新帝励精图治。昏庸的赵惇却把这些当做逆耳之言，再加上朝廷小人的弹劾，陆游又一次被罢免了官职。

从光宗绍熙元年（1190 年）到宁宗嘉泰元年（1201 年）的十一二年中，陆游一直住在山阴，过

着田园生活。

陆游的住宅在镜湖边，在家居期间，他和百姓很接近，不但身穿民服，口诵农书，还经常跟农民在一起劳作，参加他们的宴会，同他们共话桑麻，继续愤慨地倾吐自己的满腔忠愤，抒发深厚的爱国感情。

陆游虽然遭到贬斥和迫害，但他抗金的豪气依然如故，时刻准备披坚执锐，奔赴疆场，为收复中原而战斗："僵卧孤村不自哀，尚思为国戍轮台。夜阑卧听风吹雨，铁马冰河入梦来。"在另一首诗中，陆游还为北方人民向昏庸腐朽的南宋统治者提出了有力的呼吁："三万里河东入海，五千仞岳上摩天。遗民泪尽胡尘里，南望王师又一年。"此诗写遗民的心情，实际也是他自己的心情。虽然表现得比较含蓄，但对苟且偷安的南宋统治者已是一个有力的鞭挞。

陆游屡次遭到主和派的压制和打击，但决不同流合污，坚持写诗批判他们："百战元和取蔡州，如今胡马饮淮流。和亲自古非长策，谁与朝家共此忧。"表现了他坚持不懈地批判投降派的顽强意志。

嘉泰二年（1202年），韩侂胄把修史的任务委托给陆游，又起用抗战派将领辛弃疾。陆游从国家利益出发，顾全大局，不仅自己欣然前往，还力劝辛弃疾为国立功。

韩侂胄虽然起用了陆游、辛弃疾，但并不重用，他所重用的只是一些纨绔子弟。陆游很失望，在史书修完之后，便立刻辞官回家，前后在临安只待了一年的光景。开禧二年（1206年）夏天，朝廷仓促兴师北伐，终因准备不足而失败。以史弥远为首的卖国集团用阴谋诡计杀死韩侂胄，函首金人，订立了丧权辱国的"开禧和议"。陆游不愧为爱国志士，当战争失利，朝廷又要议和的时候，他仍然主张坚决打完这场战争。及至和议已成，陆游的悲愤心情可想而知。

对于国家民族的命运，陆游十分关注，激情也永不衰竭。抗金的主张虽不能实现，但陆游的意气仍是轩昂的。正如他所说的："双鬓多年作雪，寸心至死如丹""一闻战鼓意志生，犹能为国平燕赵"。

**（四）不朽诗篇**

嘉定二年，陆游的病情时好时坏，但他的精神还是饱满的。立秋以后，陆

游得了膈膜炎，在一个寒冬的日子里，这位伟大的爱国诗人，抱着不曾目睹恢复失地的遗恨与世长辞了。临死的时候，他写下了一首《示儿》诗："死去元知万事空，但悲不见九州同。王师北定中原日，家祭无忘告乃翁。"这首充满血泪的绝笔诗，集中地表现了陆游伟大的爱国主义精神。

陆游辛勤地从事文学创作，给我们留下了极其丰富而珍贵的文学遗产。现存《陆放翁全集》，通行的有《四部备要》本，内有《剑南诗稿》八十五卷，附逸稿；有《渭南文集》五十卷，其中包括《入蜀记》六卷，词作二卷；还有《南唐书》十八卷，附有音释。《老学庵笔记》10卷等。其他尚有《放翁家训》（见于《知不足斋丛书》）及《家世旧闻》等。

陆游是杰出的诗人，他的创作成就是多方面的，诗词、散文都具有自己的特点，但艺术成就最高的仍是诗歌。陆游也是创作特别丰富的一位诗人，他自己说"六十年间万首诗"，现存的仅九千三百多首。其中许多诗篇抒写了抗金杀敌的豪情和对敌人及卖国贼的愤恨，风格雄奇奔放，沉郁悲壮，洋溢着强烈的爱国主义激情，在思想上、艺术上取得了卓越成就，不仅成为南宋一代诗坛领袖，而且在中国文学史上享有崇高地位，是我国伟大的爱国诗人。

陆游的诗大致可以分为三个阶段：第一阶段是从少年到中年（46岁）入蜀以前。这一时期存诗仅二百首左右，作品主要偏于文字形式，尚未得到生活的充实。第二阶段是入蜀以后，到他65岁罢官东归，前后近二十年，存诗两千四百余首。这一时期是他从军南郑，充满战斗气息及爱国激情的时期，也是其诗歌创作的成熟期，奠定了他一代文宗的地位。第三阶段是长期蛰居故乡山阴一直到逝世，亦有20年，现存诗约近六千五百首。诗中表现了一种清旷淡远的田园风味，并不时流露着苍凉的人生感慨。"诗到无人爱处工"，可算是道出了他此时的心情和所向往的艺术境界。另外，在这一时期的诗中，也表现出趋向质朴而沉实的创作风格。在陆游三个时期的诗中，始终贯穿着炽热的爱国主义精神，中年入蜀以后表现得尤为明显，不仅在同时代的诗人中显得很突出，在中国文学史上也是罕见的。陆游的诗可谓各体兼备，无论是古体、律诗、绝句都有出色之作，其中尤以七律写得又多又好。在这方面，陆游继承了前人的经验，同时又富有自己的创见，

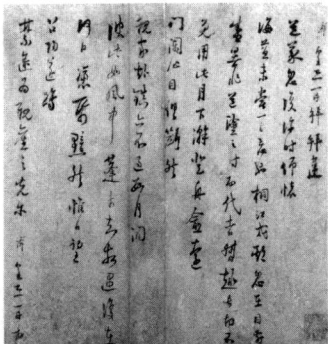

所以有人称他和杜甫、李商隐完成了七律创作上的"三变"，又称他的七律在当世无与伦比。陆游的七律，确是名章佳句层见叠出，每为人所传诵，如"江声不尽英雄恨，天意无私草木秋"；"万里关河孤枕梦，五更风雨四山秋"等。这些名作名句，或壮阔雄浑，或清新如画，不仅对仗工稳，而且流走生动，不落纤巧。除七律外，陆游在诗歌创作上的成就当推绝句。陆游的诗虽然呈现着多彩多姿的风格，但从总的创作倾向看，还是以现实主义为主。他继承了屈原等前代诗人忧国忧民的优良传统，并立足于自己所处的时代作了出色的发挥。

陆游与江西诗派有着很深的渊源。他师事曾几，又私淑吕本中，对曾、吕二人服膺终生。陆游接受曾、吕的影响首先在于爱国的情操，他少时与曾几"略无三日不进见，见必闻忧国之言"。而吕本中在表现爱国主义主题方面堪称是陆游的先驱。陆游在艺术上也受到曾、吕较深的影响，对"活法"说深信不疑，直到70岁时还对曾几授予他的"文章切勿参死句"一语津津乐道。虽然陆游从江西诗派的诗歌理论中获得了增进艺术修养以自成一家的启示，早年作诗时也曾仿效过黄庭坚、吕本中等江西诗人的风格，可是他的艺术个性和才能却远在江西诗派之上。所以他很快就超越了曾几、吕本中等师辈的成就，并以明朗瑰丽的语言、奔放磊落的情调而与江西诗风分道扬镳。

陆游诗篇所反映的社会生活极其丰富、广阔，涉及到南宋前期社会现实的各个方面，其中最突出的是反映民族矛盾、抒写爱国情思的动人诗篇。

陆游生活的年代，正是我国北方女真族发动侵宋战争，民族矛盾和阶级矛盾异常尖锐的时期。当时，民族矛盾上升为主要矛盾，并且影响到社会政治、经济、文化思想等各个方面；而坚决主张抗击金兵、反对妥协投降就成为南宋时期文学作品中爱国思想的重要内容。陆游的诗歌，就是在这样特定的历史条件下，面对现实，反映了民族的深重灾难，表达了人民的抗战意志，抒写了诗人报国无门、壮志难酬的悲愤，以及对劳动人民生活疾苦的同情，因而具有强烈的爱国主义精神和鲜明的时代特色。

陆游爱国诗歌的特点之一，是对妥协投降派罪恶的无情揭露和谴责。

在南宋统治集团中，由于民族矛盾的尖锐激烈，出现了主战派与主和派。

主战的官员和广大人民一起反对割地求和，主张抗金作战。主和派则屈膝议和，苟且偷安，并且结党营私，陷害忠良。陆游抗金的主张一生都不曾动摇过，而且他以诗歌作武器，同主和投降派进行了坚决的斗争。他在许多诗中明确表示："和亲自古非长策""生逢和亲最可伤，岁辇金絮输胡羌"。对于那些决策求和，以图苟安享乐的投降派，他以犀利的笔锋，愤怒地指责他们误国害民的罪行："战马死槽枥，公卿守和约""诸公尚守和亲策，志士虚捐少壮年"。在《关山月》一诗里，他用战士的口吻写"和戎诏下十五年"，南宋王朝对金国屈服，身处前线的将士们也忘掉了抗金事业，只知沉湎在酒色歌舞的奢靡生活之中，马死弓断，爱国壮心被埋没，人民收复失地的渴望，他们早已置之不顾。陆游在这里对投降派进行了更集中更全面的揭露。尤其可贵的是，他以锋利的笔触，大胆地指责："公卿有党排宗泽，帷幄无人用岳飞""诸公可叹善谋身，误国当时岂一秦（桧）"。南宋王朝主和投降的官僚，不止是秦桧一个人，他们是"有党"的，是一个结党营私、迫害爱国将领的统治集团。可见，陆游所抨击的是南宋前期的整个投降派，他富有强烈战斗精神的诗篇在南宋诗坛上是空前的。

陆游爱国诗歌特点之二，是内容多表达人民群众渴望恢复故土、统一祖国的愿望。

南宋王朝在临安定都以后，以宋高宗赵构和秦桧为首的投降派，一方面迫害主战的文武百官，如杀害爱国英雄岳飞等人，另一方面与金人订立屈辱的和议，向他们称臣，每年还要输送大批银两、绢匹，以此换取南宋小朝廷的苟安局面。北方人民在金兵的残酷统治下，生命无保障，财物被掠夺，生产遭到破坏。陆游在《题海首座侠客像》诗里揭露金统治者榨取遗民膏血以自肥的罪行："赵魏胡尘千丈黄，遗民膏血饱豺狼。"处于水深火热中的北方人民忍受着金兵的蹂躏，渴望着收复失地。"遗民忍死望恢复，几处今宵垂泪痕。"陆游始终没有忘记失地的人民，对他们所受的苦难寄予深切的同情，不断地为他们喊出内心的痛苦和希望："三秦父老应惆怅，不见王师出散关""王师入秦驻一月，传檄足定河南北。安得扬鞭出散关，下令一变旌旗色""关中父老望王师"。然而，南宋朝廷并无恢复之意，对此陆游感到极为悲愤，并在诗里大声疾呼："遗民泪尽胡尘里，南望王师又一年""北望中原泪满巾，黄旗空想渡河津"。

陆游这些念念不忘恢复的诗篇，以入蜀后居多。赵翼在《瓯北诗话》中说"其诗之言恢复者十之五六，出蜀以后，犹十之三四"，而且一直到临终都不忘收复中原。

陆游爱国诗歌的特点之三，是表现诗人杀敌报国的英雄气概和壮志未酬的悲愤。

南宋时期尖锐激烈的民族矛盾斗争使陆游走上了抗敌御侮的爱国道路。他那"气吞残虏"的英雄气概和永不衰退的爱国热情，发于诗歌，长篇短咏，都能唱出那个时代最高亢的歌声。他在青年时就写下"平生万里心，执戈王前驱。战死士所有，耻复守妻孥"的诗句。中年以后，更是"报国寸心坚如铁"，在诗中唱出"逆胡未灭心未平，孤剑床头铿有声"和"报国计安出，灭胡心未休"这样慷慨激昂的声音。一直到晚年，陆游仍然发出"一闻战鼓意气生，犹能为国平燕赵"这样的壮语，甚至还说过"壮心未与年俱老，死去犹能作鬼雄"。但是，由于南宋小朝廷屈膝求和，尽管陆游怀着报国的决心，以战死沙场为荣，而摆在他面前的却是"报国欲死无战场"。虽有"一片丹心"，但无报国机会，而冷酷的现实使他受到压抑，感到愤慨。因此，在陆游所写的那些斗志昂扬的爱国诗篇中，往往带有苍凉的色调，鸣响着悲怆的音弦，体现了他独具的艺术个性。比如表现他那愤激心情的《书愤》："早岁那知世事艰，中原北望气如山""塞上长城空自许，镜中衰鬓已先斑"。又如《夜泊水村》中所写的："一身报国有万死，双鬓向人无再青。"这些诗篇反映了陆游爱国诗歌中所特有的悲壮、雄浑的艺术风格。再如《金错刀行》："黄金错刀白玉装，夜穿窗扉出光芒。丈夫五十功未立，提刀独立顾八方。京华结交尽奇士，意气相期共生死。千年史策耻无名，一片丹心报天子。尔来从军天汉滨，南山晓雪玉嶙峋。呜呼，楚虽三户能亡秦，岂有堂堂中国空无人。"陆游的"一片丹心"得不到报国的机会，年已50，依然"功名未立"，他只好独自一人提着宝刀，站在旷野上，顾望着八方荒远的地方。"楚虽三户能亡秦"，表现了诗人永不衰竭的为国雪耻的信念，也足以说明诗人一贯的抗战气概。这里所表现的虽是个人的感情，但实际上概括了当时许多爱国志士的思想。

值得注意的是，诗人还常常通过梦境或幻想的激情来表达他的爱国情思。如"三更抚枕忽大叫，梦中夺得松亭关"以及"梦绕梁州古战场"等等。这些诗篇不仅富有浪漫主义色彩，而且是他爱国精神的一种深沉表现，这在当时的诗坛上是十分突出的。

作为一个爱国诗人，陆游"忧国复忧民"，对于人民的苦难生活寄予了深切的同情，他的诗歌，很多都深刻揭露了封建统治阶级对劳动人民的残酷剥削和压迫，真实地反映了农民的悲惨生活与思想感情。比如，他在《三月二十五夜达旦不能寐》诗中写道："捶楚民方急，烟尘虏未平。一生那敢计，雪涕为时倾。"诗人夜不能寐，对人民所受的双重痛苦，表现了深切的关注。在《农家叹》中，诗人更是真切地反映出农民所受的压迫："有山皆种麦，有水皆种粳。牛领疮见骨，叱叱犹夜耕。竭力事本业，所愿乐太平。门前谁剥啄？县吏征租声。一身入县庭，日夜穷笞榜。人孰不惮死？自计无由生。还家欲具说，恐伤父母情。老人傥得食，妻子鸿毛轻。"诗人首先描绘了农民种麦种粳、辛勤力耕的情景和他们渴望太平的善良愿望，然后写出农民被勒索敲诈，被逮捕，遭受严刑拷打的惨状，揭示出租税的沉重和官府的凶残。诗中对农民求生不得、求死不能的心理状态的真切描绘，有力地说明诗人思想感情同劳动人民接近，对劳动人民遭受苦难的深切同情。

又如在《秋获歌》中揭露官吏残酷压迫和剥削人民的黑暗现实："数年斯民厄凶荒，转徙沟壑殣相望。县吏亭长如恶狼，妇女怖死儿童僵。"这些诗篇，深刻地反映了当时的阶级矛盾，而诗人的爱憎感情也是十分鲜明的。陆游对待人民的态度始终是关心和同情的。他在做地方官期间，救济灾民，安定民生，发展生产，为人民做了不少有益的事情，所以老百姓深深地怀念他。正由于陆游同情人民、热爱人民，才写下了很多具有高度人民性的诗篇。

在陆游的诗歌中，除了大量的爱国诗篇外，还有很多抒写农村风光、农民辛勤耕耘、自然景物以及读史、纪行、酬答等的诗篇，题材十分丰富。清代赵翼说陆游"凡一草、一木、一鱼、一鸟，无不裁剪入诗"，真所谓"处处有诗材"。这些诗篇，有的写得清新俊逸，饶有情趣。比如《游山西村》："莫笑农家腊酒浑，丰年留客足鸡豚。山重水复疑无路，柳暗花明又一村。箫鼓追随春社近，衣冠简朴古风存。从今若许闲乘月，拄杖无时夜叩门。"在这首诗里，诗人抒发自己生活中的感情，热烈地歌唱淳朴好客的农家和农村生活习俗。诗中描绘

的农村风光，似乎是"桃花源"的境界，深含着诗人对官场的厌倦和对农村自由生活的挚爱。其中"山重水复疑无路，柳暗花明又一村"更是广为流传。

还有《剑门道中遇微雨》中的"此身合是诗人未？细雨骑驴入剑门"，以及《临安春雨初霁》中的"小楼一夜听春雨，深巷明朝卖杏花"，都是至今仍为人们所传诵的名句。

陆游不仅善于写诗，还兼长写词。不过，他并不着力于填词，所以词作不多，现存一百三十多首。他的词也是风格多样并有自己的特色。有不少词写得清丽缠绵，与宋词中的婉约派比较接近，如有名的《钗头凤》即属此类。而有些词常常抒发着深沉的人生感受，或寄寓着高超的襟怀，如《卜算子》（驿外断桥边）、《双头莲》（华鬓星星）等，或苍凉旷远，或寓意深刻，这类词又和苏轼的风格比较接近。但是最能体现陆游的身世经历和个性特色的，还是他的那些写得慷慨雄浑、荡漾着爱国激情的词作，如《汉宫春》（羽箭雕弓）、《谢池春》（壮岁从戎）、《诉衷情》（当年万里觅封侯）、《夜游宫》（雪晓清笳乱起）等，都是饱含着一片报国热忱的雄健之作。这类词又和辛弃疾的风格比较接近。

陆游在散文上也著述甚丰，而且颇有造诣。其中记铭序跋之类，或叙述生活经历，或抒发思想感情，或论文说诗，此类最能体现陆游散文的成就，同时也如在诗中一样，不时表现着爱国主义的情怀，如《静镇堂记》《铜壶阁记》《书渭桥事》《傅给事外制集序》等皆是。其他如《澹斋居士诗序》等文，则表现了陆游对文学的卓越见解。陆游还有一些别具风格的散文如《烟艇记》《书巢记》《居室记》等，写乡居生活之状，淡雅隽永，颇似富有情味的小品文。《入蜀记》六卷，可以说是一部优美的游记散文集，笔致简洁而又宛然如绘，不仅是引人入胜的游记，同时对考订古迹和地理沿革也有帮助。至于他的《老学庵笔记》则是随笔式的散文，笔墨虽简而内容甚丰，所记多系轶文故事，颇有史料价值。其中论诗诸条（如批评时人"解杜甫但寻出处"等），亦堪称卓见。

作为一位著名的文人，陆游多次参加过国史、实录的编写工作，自己还写了一部历史著作《南唐书》。当然，从陆游一生创作来说，取得杰出成就的当属诗歌。人们公认他诗歌的水平高于当时与他并称的尤袤、范成大、杨万里三人。

陆游的诗歌不仅洋溢着爱国热情，给南宋诗坛带来了战斗的气息，而且在艺术表现手法上有着自己的特色。这与他植根于现实生活，又善于向古代优秀诗人学习是分不开的。陆游是一位刻苦学习的诗人。他熟读过屈原、陶渊明、李白、杜甫、岑参等人的作品，并能汲取各家之长，补己之短，而自成一家。陆游诗歌创作的主要手法是现实主义的，而奇特的夸张、梦幻的手法又是构成陆游诗中浪漫主义色彩的重要因素。他在诗歌语言方面，颇下过一番功夫，大都能做到晓畅平易，自然功妙。虽然他炼字琢句，但接近口语。清代赵翼说他的诗"清空一气，明白如话"。刘熙载也说他"诗能于易处见工，便觉亲切有味，白香山、陆放翁擅长在此"。至于陆游的诗歌体裁方面，无论是古体诗、律诗或绝句，都有不少佳作，尤其擅长七律。清代沈德潜说："放翁七言律，对仗工整，使事熨贴，当时无与比埒。"所以前人曾把他和杜甫的律诗相提并论。综观陆游诗歌的艺术风格特色是：既有雄浑奔放的一面，又有清新婉丽的一面，语言明白流畅而感情热烈。当然，由于时代和阶级的局限，陆游把恢复中原的希望寄托在封建统治者身上，一旦遭到排斥和打击，便不免在诗中流露出悲观、伤感的情绪。在艺术上，许多诗写得比较粗犷而不够精练，而且构思和诗句雷同的地方也较多——这一点尤其体现在他晚年的诗作中，大概是此时陆游已精力渐衰，才出现这种情况。

总之，陆游的诗歌无论在思想性和艺术性方面都取得了卓越的成就，在我国文学史上占有重要的地位。他的爱国诗篇，既是诗人形象的自我写照，又是南宋时代精神的艺术体现。这些爱国诗篇，不仅震动南宋诗坛，鼓舞着人们的战斗意志，而且对后世产生了深远的影响。近八百年来，当我们的祖国、民族遭受侵略的危难时刻，人们更加怀念和推崇陆游，深受其爱国诗篇的感召。比如近代梁启超在《读陆放翁集》中赞扬陆游"诗界千年靡靡风，兵魂销尽国魂空。集中十九从军乐，亘古男儿一放翁！"著名的爱国民主人士、诗人柳亚子也推崇陆游说："放翁爱国岂寻常？"这些都充分说明了陆游的爱国诗篇一直受到人们的喜爱，至今仍然震撼着我们的心灵，激励和培养着我们的爱国主义热情。

在中国文学史上，陆游的影响是巨大的。从总体来看，特别是从反映时代的深度和广度来看，陆游的确不愧为宋代最杰出的诗人之一。

# 二、范成大

"南宋四大家"中陆游、杨万里的声名尤著。尤袤流传下来的作品很少，成就也不高；杨、范虽比不上陆游，但都能摆脱江西诗派的框架，思想、艺术各有特色，不愧为南宋杰出的诗人。

范成大，字致能（致，一作至），号石湖居士，平江吴县（今江苏苏州市）人。生于北宋钦宗靖康元年（1126年）六月初四。就是这一年，金兵正式南侵，范成大在国土沦丧的年月里降生并成长起来。同时代的诗人杨万里曾有过"乱起吾降日，吾将强仕年；中原仍梦里，南纪且愁边"的感慨，范成大也是为此。

范成大的家世情况，父亲以上无可考，父亲范雩，宣和六年进士，官至秘书郎。范成大十四五岁时，父母相继去世。他16岁时，全国人民痛心疾首的"绍兴和议"签订，大宋王朝对金俯首称臣，年年纳贡，从此，人民长期陷入极其惨重的灾难之中。国事、家事的不幸，少年时期的黯淡岁月，对正在成长中的范成大的人生观和性格的影响是巨大的。范成大有两个妹妹，他把妹妹抚养成人以后，才有余力努力学习。他曾取唐人"只在此山中"诗句，自号"山中居士"，读书自励，十年不出。据他的诗自叙，当时并无"一廛"的居处、"三橼"的房屋，借住于寺院中苦读。最初他无意科举，后来他父亲的挚友王葆拿"先君""遗志"这类"大道理"来督促他参加科举考试，于高宗绍兴二十四年（1154年）考取进士，当时的范成大已经29岁，从此开始了三十年的仕宦生涯。

大约从绍兴二十五年起，范成大被任命为徽州（今安徽歙县）司户参军，任期达六七年之久（一般是三年任满）。绍兴三十一年（1161年）冬天，由于州官上司洪适的推荐，得以离京入杭，去做京官。这一年，金国完颜亮大举进犯宋朝，虞允文大败金兵于采石（今安徽当涂），这就是历史上著名的"采石大捷"，危急的局势得以缓解。不久，完颜亮被部下所杀，金兵退去。范成大被征召入朝，监太平惠民和剂局。

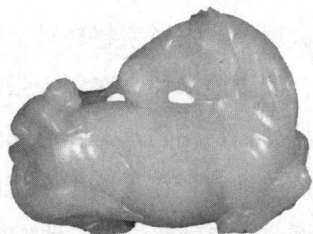

1163 年宋孝宗改元隆兴，四月，决定了二十年以来所未曾有过的北伐计划。老将张浚，指挥李显忠、邵宏渊进攻。李显忠一出兵就连下三城，气势极壮；各地忠义民兵和金国汉军纷纷归附，前景极好。可是文臣中仍然是主和派执政，多方阻挠，加上邵宏渊以私心一意破坏李显忠的军事行动，因此导致一次大溃败。宋孝宗赵昚马上动摇，启用秦桧党羽汤思退做宰相，尽撤江淮的边防，欲割地求和；次年，张浚解职，不久去世。这年冬天，金兵再犯淮南。魏胜战死，楚州陷落，民心痛愤之极，赵昚不得以将汤思退流放永州，汤思退未到流放地就死在了路上。至此，秦桧的势力才算告一段落。当然，大官僚和投降派，并未就此失势，他们始终是要苟安偷活、自私自利的。

范成大历任圣政所检讨官、枢密院编修、秘书省正字、校书郎兼国史院编修，后晋升为著作佐郎。乾道二年（1166 年），任吏部员外郎。因言官说他不该越级提升，请祠（请求安置任宫观的闲官）归乡。第二年，被起用为处州（今浙江丽水县）知府。他在处州做了两件有益于人民的事：一是推行"义役"法（一人服役，众人出金相助，依次轮流），方便了民众；二是修复年久损坏的通济堰，使上中下田灌溉有序，有利于生产。

乾道五年（1169 年），范成大被召到杭州，宰相陈俊卿认为他有才干，举荐他做了礼部员外郎，兼崇政殿说书、国史院编修，仍旧都是一些所谓的"清职"。十二月，升任起居舍人，兼实录院检讨。曾就处理狱犯的酷虐和两浙"丁钱"太重等事进言，获得一些采纳。

乾道六年（1170 年），发生了一件对南宋国势并没有太大关系，而对范成大来说却颇为重要的事情。这一年，范成大奉命出使金国。原来，订立"绍兴和议"时，金、宋是君臣关系，南宋皇帝须跪拜接金国皇帝诏书；"隆兴和议"时改为叔侄关系，但订约时忘记了改受书的礼仪，孝宗赵昚对此非常懊恼。这次派范成大出使，名义上是求"陵寝"之地（北宋皇帝陵墓所在地，即河南汴京一带），实际上是想求金国改变受书的礼仪，但国书上又不敢明写，怕惹怒金国，只好叫使臣处理。当时丞相虞允文推荐两个人做使臣：李焘、范成大。李焘听得这个差使，当即说："这岂不是要葬送我？"不敢应承。范成大慨然请行，而且做了最坏的准备，事先安

排好了家事。在六七月间启程北上，途中他以个人名义密草私书，陈说改变受书礼仪一事。范成大到了金国朝廷，送上国书之后，随即拿出私书来，要求对方接受（按金国规定，在当时场合，皇帝是不接受使臣私书的）。金国皇帝又惊又怒，厉声斥责负责外交事务的宣徽副使，说宋使从来没有敢这样放肆过，左右也大加恫吓，金国皇帝后来竟要起身离席，情形极为紧张。范成大屹然不动，坚持必须递交私书才肯退去。金国皇帝没有办法，最后只好答应接受。事后，范成大才知道，金国太子当时就想杀他，经人劝阻，才没有行事。他这种敢于在金国皇帝面前"要以必从"的气概和果断坚定的精神，让金国的臣僚们非常钦佩，因为他们从来还没有见过这样的宋朝使臣。范成大这次出使，不但维护了宋朝的威望，还趁机对金国各方面情况作了详细的了解。此行得到朝野南北一致称道，产生了良好的影响和作用。由于出使有功，范成大升迁中书舍人。

乾道七年（1171年），赵眘要任用奸佞外戚张说做签书枢密院事（军务要职），舆论哗然，可是都畏惧张说的气焰，不敢讲话。范成大拒绝起草授官的诰文，从容进谏，张说的签书枢密院事的事居然因此作罢。这件事之后，范成大被迫引退，请祠禄归苏州。

赵眘初期的那点朝气已尽，暮气日益深重，不顾劝谏，一意任用奸佞小人担任重要官职，正直人士如虞允文、梁克家等相继被排挤而去。老一辈的人才已经凋落无余，后起爱国有为之士如辛弃疾等人则不被重用，只能在谗毁打击下讨生活。农民无立锥之地，还要负担重税，被逼得逃田弃屋，或流亡城市，或落草山林，聚义反抗。大官僚地主则地连数县，每年收到百万石的租米，却不负担租赋、职役，奢侈淫逸达到极点。

在这种情形下，范成大不能在朝中立足，从乾道八年（1172年）冬天被复用以后，到淳熙九年（1182年）五月的十年之间，除了中间一度短期在朝，其余时间都被派到边远地区任职，流转于静江（今广西桂林）、成都、明州（今浙江宁波）、建康（今江苏南京）作地方官吏。他在各地，都能在职权范围内或多或少施行一些善政，直接或间接地使重压之下的人民略得喘息。在桂林时，因监司官尽取盐税，使得下层州县加倍苛敛，他就抑监司以解州县，苛敛得以稍

南宋中兴四大诗人

减。他对边区也不加歧视，人民都很爱戴他。在四川帅任中，范成大治兵选将、施利惠农，边防得以巩固，减酒税四十八万缗，停"科籴"五十二万斛。在明州，将前任皇子赵恺（魏惠宪王）遗留的害民虐政，尽行罢去。在建康，移军米二十万石赈救饥民，减租米十几万斛，受赈的据说达到四万五千几百户，没有一户流离失所的；又代下户（贫民）输纳"秋苗钱"和"丁钱"一年。又如他在明州写的一首小诗："老身穷苦不须忧，未有毫分慰此州；但得田间无叹息，何须地上见钱流！"表明了他反对苛敛，主张减轻农民负担的愿望。

他由桂林、四川两任回朝以后，在淳熙五年（1178 年）四月，以中大夫做了参知政事，这是他由文学词臣走到了"宰执"大臣的仕宦高峰。可是这时赵眘的政见已经与他不合，没多久就厌倦了他，范成大被言官弹劾，落职归里，这时他做参政一共才两个月的时间。

从淳熙六年起知明州，到淳熙九年（1182 年）在建康得病，范成大五次上书，请求解职退休，得回乡里，这时范成大已经 57 岁了，他的仕宦生涯从此基本结束。此后十年即退归乡里，隐居石湖，因号石湖居士。中间虽曾两度重被起用做福州、太平州（今安徽当涂）地方官，但他要么坚决辞谢，要么才一到任就告休回来，实际上并未任事。光宗即位（绍熙元年，1190 年）以后，他曾上书极力陈述苏民、求将、固边、屯田、课财等事，均被采纳。

绍熙四年（1193 年）九月初五日，范成大在家中病逝，享年 68 岁。谥号"文穆"。

范成大的一生，约略可以分为五个时期：由十四五岁初为诗文、连遭亲丧起，十年不出，为第一个时期。从习举业、中进士、初做徽州四户司户，这十年左右，为第二个时期。入杭州做京官以下，约十年，为第三个时期。外任镇帅，亦约十年，为第四个时期。从建康告闲退休，亦约十年，为最后一个时期。

而他的诗歌作品，也正由于生活上的变化，大致可以按照以上五个时期来划分。

比起同时代齐名的诗人陆游、杨万里和尤袤，范成大自编的诗集中存诗的开始时间算是最早的。最初期，他在艺术风格上还未十分成熟，内容也欠充实，我们看到的，是孤独寂寞的情怀，悲观消沉的心境，所谓"青鬓朱颜万事慵"；虚无、厌世情绪，所谓"吾

将老泥蟠"；道家思想很早就在他诗歌中露出根芽。这与一个二十岁左右的少年，并不相称。对农村风物的描写，也已有了开端，可是，他此时笔下用力写的尚是自然景物，除了"深村时节好，应为去年丰"以外，他还不能对其他重要问题深入探究。总之，这一时期的诗还是比较肤浅的。但是他写出的"莫把江山夸北客，冷烟寒水更荒凉"，不仅反映出当时江南残破的真实情景，也表达出了这个少年对南宋政府的批评以及他忧国爱国的思想，这是非常可贵的。

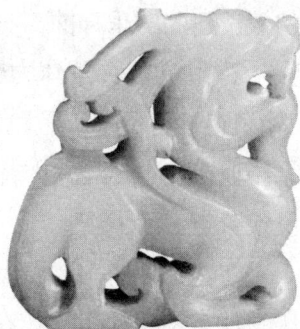

大约在二十五六岁以后，范成大的诗转入另一阶段。虽然还正在发展期，却不容忽视。和前一阶段比起来，内容明显丰富了，在艺术风格上也更为成熟、变化更多了。对国家的关心有了更多的表现，或因祖国景物、地理形胜而发，或以咏史的形式来表达，或用更深婉的"比兴"手法而咏叹。例如写建康，说"拂云千雉绕，截水万崖奔""赤日吴波动，苍烟楚树昏"，上句写反顾江南，下句写前望江北（楚，这里不是一般常指的湖南、湖北，或宋人所指的江西地，而是指淮南一带乃至更北的陷金地区，宋以淮安为楚州），说明此地扼南北宋金之冲要；而"赤日""苍烟""波动""树昏"，从字面的背后，也透露了更深刻的内涵；由此，在结到"向无形胜地，何以控乾坤"的主旨，隐隐提出应当建都于此地的正确主张，就非常有力。像《胭脂井》这首小诗，尖锐地讽刺了赵构这个荒淫皇帝。另有一首小诗中写道："乌鸦撩乱舞黄云，楼上飞花已唾人；说与江梅须早计，冯夷无赖欲争春！"这里隐含着向朝廷提出的警告和期望，是诗人生活在黯淡苦闷的岁月里所发出的呼声，提醒南宋朝廷早作打算，盼望早日打破那个沉闷、窒息的"和议"局面。

由于"少孤为客早"，范成大这时大概为了生活或其他缘故，已经开始各地奔走流转，为了科考，他也不得不驰驱于建康、临安等地。行旅虽然使他厌倦，但却开阔了他的眼界，丰富了他的生活，有更多的机会去接触人民。因此，他这时期写行旅、写风土、写名胜，都有很好的作品。写大雨中农民劳作不息，说："嗟余岂能贤，与彼亦何辨？扁舟风露熟，半世江湖遍；不知忧稼穑，但解加餐饭；遥怜老农苦，敢厌游子倦？"可见对农民的辛苦，以同情和自惭的心理，写来已不仅仅局限于最初期的只于对农村风物的"赏心"了。不久，四首仿效王建的《乐神曲》《缲丝行》《田家留客行》《催租行》就又向前跨进一大步，由单写农民体力劳苦而深入到"去年解衣折租价，今年有衣著祭社""输租得钞官更催，踉跄里正敲门来"了。范成大一向有"田园诗人"的称号，多指他在晚年作的六十首《四时田园杂兴》，其实他的早期作品已经开始关心农民疾苦与生活了。

在这个时期，范成大写他个人的诗，仍然有"孤穷""霜露"的悲痛情绪。厌恶仕宦利禄的思想，在诗中表现得特别强烈。自幼多病，也增加了他的痛苦和苦闷，以至有"化儿幻我知何用，只与人间试药方"的叹息。另一方面，也有时流露一些个人的"抱负"，说"我若材堪当世用，他年应只似诸公"，说明那个时代环境给他身心带来的种种痛苦和矛盾。

第三个时期，即主要是在杭州做京官时的作品。由于生活圈子的限制，这个时期的诗显得暗淡无力，远不如上一时期的作品能吸引读者。内容大多是和士大夫同僚的唱和，或游湖，或赏梅，或听音乐。"应制"体也开始出现，说明了生活决定创作的真理。

这个时期的使金绝句，特别值得称道，内容饱满，也是范成大诗集里最好的组诗之一。这一组诗，按内容分，大致有几类：第一，针对沦陷地区的景色、地理而写的爱国诗，瞻望收复河山的心怀；第二，借古人而抒发感慨、批评政府的错误；第三，写沦陷区人民盼望祖国恢复；第四，描写金国的风土、习俗以及种种落后、残破、野蛮的景象；第五，诗人自己报国的决心；第六，借古迹而抒发情感。这类诗，就南宋的腐朽昏庸的若干具体事实，沉痛地指责了卖国、误国者的罪恶，读来令人义愤填膺，无愧史笔。范成大这些诗，完全运用十分平易近人的、像"竹枝词"式的绝句小诗，精彩地收摄了每一个有意义的镜头特写。

第四个时期，即在外面做四任边区大吏的阶段，作品数量庞大，竟然占了全集三十三卷中的十卷之多。虽然并不是范成大最重要、最出色的手笔，但是

却构成了其山川行旅诗的特点。由于他西至四川、东至明州、南至桂林、北至建康，实际上是走遍了南宋疆域的四极之地，反映面是十分广阔的。祖国的山川形势，人民的风土生活，都得到了描写，而且写得都很真切、细致、清新、丰富，总的感觉就是充实。

《夔州竹枝歌》描写了背着孩子采茶叶的妇女和"买盐沽酒"的水果贩，另一面则写官僚吃好米，穷人吃豆粟，"东屯平田甋米软，不到贫人饭甋中"以及"绣罗衣服生光辉"的大商贾的"当筵"荒乐。这无疑是南宋封建社会各阶层生活的缩影。《黄罴岭》，写深山中农民的穷苦生活。《潺陵》《荆渚堤上》写湖南农村遭到破坏以后的惨状。《劳畲耕》，着重写了吴农的受尽剥削，由于官府的苛虐强夺，胥吏的贪婪凶狠，地主的私债逼迫，以致逃田弃屋，室无炊烟，"晶晶云子饭，生世不下咽（咽喉）；食者定游手，种者长流涎"，十分深刻地揭露剥削者的残忍，社会的不公平。关心民生疾苦成了范成大作品中的一贯主题。

第五个时期也是最末一个时期，范成大退居田园。从 57 岁到 68 岁，他的暮气似乎显得重了些，爱国之心却未完全忘怀。开始出现了一些描写花鸟虫鱼的诗作，这是以前绝未有过的。大约从淳熙十二年（1158 年）起，同情人民疾苦的诗作显著增加。这一时期也产生了至为重要的几组作品，有些诗以农村景物、习俗和农民生活为题材，写得别具一格。代表作当属《四时田园杂兴》六十首，范成大也是因此获得了"田园诗人"的称号。

在这一组诗中，范成大对自己所观察、了解和体会到的农村情况、农村生活作了多方面的描绘，既描写了农村的自然景色，又反映了农民的生活和劳动，还揭露了统治阶级对农民的剥削。如"下田戽水出江流，高垄翻江送上沟。地势不齐人力尽，丁男长在踏车头"，这是一幅紧张而又艰苦的抗旱图景。"新筑场泥镜面平，家家打稻趁霜晴。笑歌声里轻雷动，一夜连枷响到明。"这是一支忙碌而又欢快的秋收乐曲。这样的诗，虽说未免有失客观，不是"劳者歌其事"，但仔细体味，作者的忧乐还是融会在其中的。诗人还在这组诗中写到了农村生活的其他一些侧面，而且清新可喜，一直流传至今。如《夏日》诗中的两首："昼出耘田夜绩麻，村庄儿女各当家。童孙未解供耕织，也傍桑阴学种瓜。"这是写农民一家辛勤劳动的情景。"黄尘行客汗如浆，少住农家漱井香。借与门前盘石坐，柳阴亭午正风凉。"这是写农家热情好客的淳朴感情。范成大的田园诗，是在继承前人的基础上又结合自己的体验而创作出来的。有陶渊明以"返自然"为趣和以"躬耕"为乐的一面，但突破了个人的小圈子，使境界开阔了；也有王维、储光羲描写农村安闲生活和自然景色的一面，但突破了"羡闲逸"的个人情趣，对农村的观察、更深了解更细了。

阶级的局限和佛家思想无疑对范成大产生了影响，又由于他做过近臣、任过高官，同时在官场上也屡遭波折，所以他的诗还有相当一部分是应酬唱和（其中"次韵"诗特别多）、山川行旅、叹老嗟悲或兜售佛典禅理之作。今存《石湖居士集》及《石湖词》等。

# 三、杨万里

杨万里，字廷秀，号诚斋。吉州吉水（今江西省吉水县）人。生于南宋高宗建炎元年（1127 年），家室清寒。绍兴二十四年（1154 年）考取进士，和同他齐名的诗人范成大同年登第。最初担任赣州司户参军，接着调任永州零陵（今湖南零陵县）县丞。当时，抗金名将张浚谪居在永州，闭门谢客，杨万里多次登门拜访，均被拒绝；后来以书力请，才被接见，相谈甚洽。张浚以"正心诚意"之学勉励与教诲他。他终身奉行，并将自己的书室起名为"诚斋"，因而自号"诚斋野客"。

绍兴三十二年（1162 年），孝宗即位，张浚重被起用，便向朝廷推荐杨万里，被任命为临安府教授。杨万里还没有赴任，即遭父丧服孝，服丧期满后，改知隆兴府奉新县（今江西新奉县）。在此初步实践了他不扰民的政治志愿，和当地百姓关系很好，获得治绩。乾道六年（1170 年），上《千虑策》，得到宰相陈俊卿、枢密虞允文的器重和推荐，任国子博士，开始做京官。乾道七年，当时的侍讲张栻（张浚之子）因反对孝宗任命奸佞的外戚张说为佥书枢密院事而被贬，出守袁州，杨万里为张栻抱不平，又致书虞允文，但没有效果。后来，张栻虽被贬，但民众对杨万里的行为都很敬佩。不久迁太常博士、太常丞，兼礼部右侍郎，转将作少监。

淳熙元年（1174 年）出知漳州，不久改知常州。淳熙六年（1179 年），提举广东常平茶盐。在任上，曾镇压沈师起义军，因此升任广东提点刑狱。淳熙九年（1182 年）因母丧离任，淳熙十一年，召还杭州为吏部员外郎。次年升郎中，五月，以地震应诏上书，极论时事，列举了十项在"无事之时"就应注意的军国大事。最后又劝谏孝宗要有远见，不要忘乎所以；要注意采纳进言，选用人才，而不要自专自用。

淳熙十三年（1186年），任枢密院检详官兼太子侍读。在陪太子读书的过程中，能随时有所"规警"，很受太子敬重。十四年（1187年），迁秘书少监。不久，高宗死，孝宗为表示孝心，要服丧三年，不处理日常政事，创议事堂，于是让太子来参决庶务。杨万里力谏不妥，并上书给太子，言说"天无二日，民无二主"的道理。这时翰林学士洪迈不等高宗入葬，不经集议，抢先提出要以吕颐浩等（主和派）配享庙祀的问题，杨万里坚决反对，上疏抨击洪迈这是在干"指鹿为马"的勾当。他这番劝谏惹恼了孝宗（因为这等于比他为秦二世）。他的仕途上发生了重大转折，于是外出任筠州（今江西高安县）知州。

淳熙十六年（1189年），光宗即位，杨万里被召为秘书监。绍熙元年（1190年），为接伴金国贺正旦使兼实录院检讨官。终因孝宗对他不满，外出任江东转运副使，权总领淮西江东军马钱粮。这时，朝廷想在江南诸郡行铁铸钱，杨万里认为不便民，上疏表示反对，且拒不奉诏，惹怒了宰相韩侂胄，改知赣州。杨万里见自己的抱负无法施展，不去赴任，请祠归乡。

宁宗即位（1194年）后，屡次召他入朝，任以官职，他知道这是韩侂胄想笼络他，便都坚辞不就。嘉泰三年（1203年），进宝谟阁直学士。开禧二年（1206年）升宝谟阁学士——这都无非是些虚官衔罢了。同年去世，赠光禄大夫，谥号"文节"。

杨万里一生力主抗金，反对屈膝投降，他在给皇帝的许多"书""策""札子"中都一再痛陈国家弊病，力陈投降之误，爱国之情，溢于言表。他为官清正廉洁，尽量不扰百姓，当时的诗人徐玑称赞他"清得门如水，贫惟带有金"。江东转运副使任满之后，应有余钱万缗，但他均弃于官库，一钱不取而归。他立朝刚正，遇事敢言，针砭时弊，无所顾忌，因此始终不得大用。实际上他为官也不斤斤计较营求升迁，在做京官时就随时准备丢官罢职，因此预先准备好了由杭州回家的路费，锁置箱中，藏于卧室，又戒家人不许买一物，恐怕一旦去职回乡时行李累赘。后来赋闲家居的十五年中，韩侂胄还在任上秉政，其新建南园，请杨万里作一篇"记"，许以高官相酬，杨万里

坚辞不作，表示："官可弃，'记'不可作。"这时韩侂胄已专权多年，朝中党羽很多，凡与他们意见不合的，都遭到了排挤和打击。杨万里看到这种情况，忧愤成疾。家人知道他忧国心重，一切关于时政的消息都不敢告诉他。忽然一天有族子从外面回来，说出了韩侂胄出兵北伐的事，杨万里当即痛哭失声，急忙命家人拿来纸笔，写了"韩侂胄奸臣，专权无上，动兵残民，谋危社稷，吾头颅如许，报国无路，惟有孤愤"等语，笔落而逝。由这种种事迹看来，杨万里实在是一位叫人佩服敬爱的大诗人。诗人葛天民夸他"脊梁如铁心如石"，并非溢美之词。

作为一个诗人，杨万里在当时有很大的影响。他的诗与陆游、范成大、尤袤齐名，称"南宋中兴四大诗人"。传说他写过两万多首诗，可惜现在流传下来的只有四千多首。他最初模仿江西诗派，后来认识到江西诗派追求形式、艰深晦涩的弊病，于绍兴三十二年（1162 年）焚烧自己的诗篇千余首，决意跳出江西诗派的窠臼而另辟蹊径。经过艰苦的探索，终于自成一家，形成了独具一格的诗风。他诗风淳朴，语言口语化，构思新颖，号为"诚斋体"。对当时诗坛风气的转变，起了一定的促进作用。杨万里在文学史上之所以有一定的地位，受到人们的重视，主要是因为他创造了这种"诚斋体"诗。

"诚斋体"诗，从题材上说，主要效法自然，从自然和自己日常经历的生活中摄取诗的题材，用他自己的话说，就是"步后园，登古城，采撷杞菊，攀翻花竹，万象毕来，献余诗材。盖挥之不去，前者未应，而后者已迫"（《荆溪集自序》）。这也就是他诗中所说的"山中物物是诗题"。从表现手法上说，主要是反对刻意雕琢，"晚爱肥仙诗自然，何曾绣绘更雕镌"，而崇尚信手拈来、一挥而就的即兴式手法。从自然界和生活中，悟到什么诗意，得到什么诗的题材，随手写来即是。同时，他还注意使诗与诙谐幽默而又饶有趣味的想象和构思结合起来，做到所谓"诗已尽而味方永"。从语言上说，主要是反对袭用前人陈言，"不听陈言只听天"，提倡脱口而出，自然平易，"君看醉中语，不琢自成文"，并广泛吸取和选用生动活泼的民间口语、俗语、俚语，以增加诗的幽默感和趣味性。

这种"诚斋体"的诗大都是用绝句体写成的。如《舟过城门村清晓雨止日出》："五日银丝织一笼，金乌捉取送笼中。知谁放在扶桑树，只怪满溪烟浪红。"依据太阳是金乌这一传说，想象出雨天是它放在银丝织的笼子里，晴天则把它放在扶桑树上。想象新奇，诙谐幽默。又如《入常山界》："昨日愁霖今喜青，好山夹路玉亭亭。一峰忽被云偷去，留得峥嵘半截青。"同是写雨止天晴，这诗却又是一番景象，一个新的境界，用一"偷"字，把雨后日出山行所见的情景写得活泼有趣。此外，也有用其诗体写成的"诚斋体"。如《芭蕉雨》："芭蕉得雨便欣然，终夜作声清更妍。细声巧学蝇触纸，大声铿若山落泉。三点五点俱可听，万籁不生秋夕静。芭蕉自喜人自愁，不如西风收却雨即休。"

这是一首古体诗。诗中把芭蕉拟人化，在声音上作了一番精心描绘，可是芭蕉的喜雨却与人的愁雨发生矛盾，于是陡然一转，不如西风收雨，来了个意外的收尾，耐人寻味。这就是"诚斋体"的艺术手法。这种"诚斋体"的诗，虽然在风格上、创意上有独创性，但由于主要是从自然界和日常生活中摄取材料，因此，思想性不强，境界不高，社会意义也不大。有些写生活琐事的诗，如病中无聊、梳头有感、睡起理发、雨中懒困之类，则不但谈不上什么"诗意"，而且简直是庸俗无聊了。再从艺术上说，由于过分重视趣味性和"信手""走笔"，率性成章，缺乏高度的艺术概括，以致有些诗不免写得粗疏草率，语言过于随便（如"先生吃茶不吃肉，先生饮泉不饮酒"之类），这些都是不足取的。

杨万里的诗中，内容较充实，并有一定社会意义的，是一些有关国事民生的作品。有关国事之作，以《续朝天集》中的一些诗为代表。光宗即位后，他从筠州被召回朝，不久为迎接金国使者，渡长江，来到淮河前线。亲眼看到宋朝的大好河山沦落金人手中，淮河成了南宋的北部边界，两岸的骨肉乡亲不能自由往来，心中有无限感慨，写下了不少有爱国激情和深厚民族意识的诗作。如《初入淮河》："两岸舟船各背驰，波痕交涉亦难为。只

余鸥鹭无拘管，北去南来自在飞。"往昔是一统江山，而今一水之隔，却是南宋北金，舟船各走一边；只有水鸟无拘无束，可以南北"自在飞"。这中间蕴含着沉痛的感情。《过扬子江》诗云："天将天堑护吴天，不数殽函百二关？万里银河泻琼海，一双玉塔表金山。旌旗隔岸淮南近，鼓角吹霜塞北闲。多谢江神风色好，沧波千顷片时间！"意谓：长江天险，真的能胜过"殽函百二关"吗？即使此时可以"沧波千顷片时间"而过，那么万一金兵打来，又当如何呢？

还有他路经镇江金山时，看到风景如画的金山亭台变成了专门招待金使烹茶的场所，愤慨地写下了"大江端的替人羞！金山端的替人愁"的诗句，深深地鞭挞了屈辱的南宋小朝廷。此外，如《读罪己诏》《故少师张魏公挽词》《虞丞相挽词》《豫章江皋二首》《宿牧牛亭秦太师坟庵》等诗章，或寄托家国之思，或呼吁抗金复国，或歌颂抗敌捐躯的将领，或讽刺卖国投敌的权奸，都是杨万里的名篇。

有关民情之作，如《竹枝歌》七首，是他充任接伴使时，夜晚在去丹阳的船上，听到"舟人与纤夫终夕有声"有感而作的。诗中写到了舟人纤夫们的劳动情景和痛苦心情，也写到自己对他们的同情和关注，如其中一首说："幸自通宵暖更晴，何劳细雨送残更？知侬笠漏芒鞋破，须遣拖泥带水行！"纤夫们整夜拉纤，已经够辛苦的了，偏偏天亮前下了雨，害得他们拖泥带水而行。又如《圩丁词十解》，是他路过当涂蒲塘的石臼湖时，看到圩田之利和圩丁们筑堤情况而写的，意在"授圩丁之修圩者歌之，以相其劳"。这十首诗，有的以赞赏钦佩的态度描绘了劳动人民修筑的这一水利工程的坚固和妙用；有的则以满腔热情歌咏了这一水利工程给人民带来的好处。另外，他还写了一些《悯农》《观稼》《农家叹》《秋雨叹》《悯旱》等反映民间疾苦的诗。农村的劳动和农村风光，也是诗人常写的题材。如《插秧歌》就写了农民一家老少齐出动，忙得连饭都顾不上吃，即使下雨也不停紧张劳动的情景。但总的来看，杨万里这些反映民情的诗，其思想深度是不够的，对社会现实缺乏深刻的揭露，因而与同时代的陆游、范成大等诗人是相比稍逊一筹。

　　杨万里现存的诗篇，大部分是吟咏江风山月的写景抒情之作和应酬之作。这部分作品，有的题材过于细碎，缺乏高度的艺术概括，流于粗率浅俗。但也有不少抒情写景的小诗，由于观察细致深入，描写生动逼真，感情真挚浓厚，因而意趣盎然，颇能动人。如"梅子留酸软齿牙，芭蕉分绿与窗纱。日长睡起无情思，闲看儿童捉柳花""雾外江山看不真，只凭鸡犬认前村。渡船满板霜如雪，印我青鞋第一痕""春回雨点溪声里，人醉梅花竹影中"……均写得圆转自然，清新活泼，极有思致，和那些专门描摹风云月露的诗人走的是不同的道路。

# 四、尤袤

尤袤,字廷之,小字季长,号遂初居士,晚年号乐溪、木石老逸民,南宋高宗建炎元年(1127年)二月十四日生于无锡一个书香门第。祖父、父亲皆治史擅诗。尤袤自小受家学熏陶,5岁能为诗句,10岁有神童之称,15岁以词赋闻名于毗陵郡(今常州,时无锡属毗陵)。

尤袤于绍兴十八年(1148年)举进士,任泰兴县令。当时宋室山河破碎,偏安江南。泰兴处于南宋边区,金兵时常入侵,"县旧有外城,屡残于寇"。尤袤上任后,一面为民请命革除苛捐弊政;一面率领军民整修城郭。宋绍兴三十一年(1161年)十月,金兵大举南侵,扬州、真州(今仪征)等城都被攻陷,只有"泰兴以有城得全"。

尤袤在泰兴有政绩,后奉调入京,任秘书丞兼国史院编修官和实录院检讨官,后又升任著作郎兼太子侍读。

乾道八年(1172年)二月,尤袤因与一些大臣反对孝宗任用安庆军节度使张说执政,于次年冬被赶出京城,任台州(今浙江临海)知州。尤袤在台州期间,曾减免了一万多户无地贫民的税收,继续加厚和加高了前任知州修筑的城墙。后来,台州发生洪水时,城区由于城墙高、厚而未受淹。

当尤袤在台州作出政绩时,一些奸诈之辈就散布流言对他进行中伤,这引起了孝宗的怀疑,于是特地派人对尤袤进行秘密调查,使者在台州听到的是民众对尤袤的一片赞誉声,回京如实作了汇报,并抄录了尤袤在台州所作的《东湖》诗四首呈送孝宗。其中二首:

三日瑶霖已渺漫,未晴三日又言干。
从来说道天难做,天到台州分外难。
百病疮痍费抚摩,官供仍愧拙催科。
自怜鞅掌成何事,赢得霜毛一倍多。

孝宗对尤袤勤奋政事和忧国忧民的品德十分欣赏。不久就提升尤袤为淮东(今淮扬一带)提举常平,后又调任江东(今南京、广德一带)提举常平。尤袤在江东任内，适逢大旱，他率领人民抗灾，并设法赈济灾民。后被提升为江西转运使兼隆兴(今江西南昌)知府。

淳熙九年(1182年)，尤袤被召入朝，授吏部郎官、太子侍讲，后又提升为枢密检正兼左谕德。在朝时，他直言敢谏。淳熙十年(1183年)夏大旱，尤袤便上书皇帝，对当时政治上的黑暗作了无情的揭露，书中说："催科峻急而农民怨；关征苛察而商旅怨；差注留滞，士大夫有失职之怨；廪给浚削，而士卒又有不足之怨；奉谳不时报，而久系囚者怨；幽枉不获伸，而负累者怨；强暴杀人，多特贷命，使已死者怨；有司买纳，不即酬价，负贩者怨。"他要求孝宗革除弊政，以弭民怨。

宋淳熙十四年(1187年)十月，尤袤被任用为太常少卿，他对朝廷礼制和人才使用提出了很多正确的意见，深受孝宗的赞许，进官权礼部侍郎兼同修国史侍讲，后又被任命兼权中书舍人和直学士院之职，尤袤力辞并推荐陆游替代自己，但孝宗不同意。

宋光宗于淳熙十六年(1189年)二月即位，即位后，尤袤再三谏劝，要他"谨初戒始，孜孜兴念"，告诫他"天下万事失之于初，则后不可救"。并对光宗即位后即任用亲信和滥施爵赏的做法十分忧虑。他引用唐太宗登基后不私秦王府旧人的故事，想引起光宗的重视，但尤袤的这番忠言不仅没有打动光宗，反而被一些奸臣从旁诽谤，说他是已经下野的周必大的党羽。绍熙元年(公元1190年)尤袤再次被逐出京城，出任婺州(今浙江金华)、太平州(今安徽当涂)的知府。后又被召入朝任给事中兼侍讲。此时他又要求光宗"澄神寡欲""虚己任贤"，并对光宗继续滥施爵赏的做法一再进行劝阻。光宗有时也能采纳尤袤的意见，如撤销了一些升迁近臣的决定等等。但有时仍固执己见，甚至对尤袤的上谏大发脾气。有一次光宗又对不应提升的官员委以重任。尤袤上奏谏阻，光宗大怒，当即把尤袤的奏章撕得粉碎。

尤袤对光宗朝令夕改、反复无常的做法非常不满，曾数次要求致仕归田，并以不愿为官、隐居山林的晋代名士孙绰撰写的《遂初赋》的"遂初"二字以自号，光宗一面书写"遂初"二字赐给尤袤；一面又不同意他致仕，还迁升尤袤为礼部尚书。尤袤年七十，方致仕归家。在无锡束带河旁的梁溪河畔造了园圃，题名乐溪。园内有万卷楼、畅阁、来朱亭、二友斋等。嘉泰二中(1202 年)，尤袤病逝，终年 76 岁，谥"文简"。

尤袤一生的主要成就在于他的诗歌创作和收藏了大量图书，并编写了我国最早的一部版本目录。

元代的方回曾谈到，南宋"中兴以来，言诗者必曰尤、杨、范、陆"。尤袤、杨万里、范成大、陆游并称为南宋四大诗人。可惜，尤袤的大量诗稿和其他著作以及三万多卷藏书，在一次火灾中全被焚毁了。我们现在见到的他的五十九首诗，是由他的后裔尤侗从一些选本、方志、类书中搜集到的。从这些残留诗篇的思想内容上看，尤袤与陆、杨、范三位诗人一样，都对当时南宋小朝廷一意偏安、屈膝投降流露出不满的情绪，对山河破碎、人民遭受异族压迫是十分忧愤的。如从《落梅》一诗中我们就可以看出诗人对国事的忧虑，对南宋朝廷不思恢复、陶醉于歌舞升平之中的愤懑："梁溪西畔小桥东，落叶纷纷水映红。五夜客愁花片里，一年春事角声中。歌残《玉树》人何在？舞破《山香》曲未终。却忆孤山醉归路，马蹄香雪衬东风。"从尤袤的残篇中，我们还可以看出诗人关心人民疾苦、不满苛征暴敛的情感。

尤袤的诗歌写得平易自然，晓畅清新，没有华丽的词藻也没有生僻的典故之句。《青山寺》可称为他现存诗歌中的代表作："峥嵘楼阁扞天开，门外湖山翠作堆，荡漾烟波迷泽国，空蒙云气认蓬莱。香销龙象辉金碧，雨过麒麟驳翠苔。二十九年三到此，一生知有几回来。"

在现存的尤袤诗歌中，下面这首《淮民谣》可算压卷之作：

东府买舟船，西府买器械。问侬欲何为？团结山水寨。寨长过我庐，意气甚雄粗。青衫两承局，暮夜连勾呼，勾呼且未已，椎剥到鸡豕。供应稍不如，向前受笞箠。驱东复驱西，弃却锄与犁。无钱买刀剑，典尽浑家衣。去年江南荒，趁熟过江北。江北不可往，江南归未得。父母生我时，教我学耕桑。不识官府严，安能事戎行；执枪不解刺，执弓不能射。团结我何为，徒劳定无益。流离重流离，忍冻复忍饥；谁谓天地宽，一身无所依。淮南丧乱后，安集亦未久；死者积如麻，生者能几口？荒村日西斜，破屋两三家；抚摩力不足，将奈此扰何？

据《三朝北盟会编》载："绍兴三十一年，金主亮

倾国入寇，尝以淮南置山水寨扰民。泰兴县令尤袤窃
哀之，作《淮民谣》。"这首诗通过一个流离失所的淮
民的口气，如泣如诉地将淮南人民在水深火热中的悲
惨情景，展现在人们的面前，字字句句震撼着人们的
心灵。全诗未作雕饰，语言朴实无华，用白描的手法
将诗人的激情表达出来，十分感人。

尤袤一生嗜书，早有"尤书橱"之称。他对于图
书"嗜好既笃，网罗斯备"。凡是他没有读过的书，只要得知书名，他就要想尽
办法找来阅读，读后不仅要做笔记，借来的还要抄录收藏。杨万里曾经描述他
乐于抄书的情景："延之每退，则闭门谢客，日计手抄若干古书，其子弟亦抄
书……其诸女亦抄书。"尤袤晚年告老还乡，旧宅在无锡县城内束带河，盖屋名
"遂初堂"。他闭门谢客，以抄书为乐，命子女一起抄写，积至三万卷。他曾对
杨万里说："吾所抄书若干卷，将汇而目之。饥读之当肉，寒读之当裘，孤寂
而读之当朋友，幽忧而读之以当金石琴瑟也。"可惜家宅失火而被焚毁。在西水
关梁河畔建一别墅，名为"乐溪居"，内有小楼，名"万卷楼"。另在惠山之麓
结屋数椽，名"锡麓书堂"，并把从祖尤辉的依山亭故址作为"遂初书院"。尤
袤的这些遗迹，后陆续被毁，明清至民国又多次进行修复。

现存万卷楼在惠山天下第二泉南侧，上悬"万卷楼"一额，楼后有大厅三
间，厅堂上悬"遂初堂"三字，两旁悬联："依然锡麓书堂，南渡文章，上跨
萧杨范陆；允矣龟山道脉，东林弦诵，同源濂洛关闽。"锡麓书堂自明清以来多
次重建，现存建筑是 1959 年改建而成，堂屋三间，立于惠山垂虹廊的石洞门
上，石洞横梁上镌有"锡麓书堂"四个篆字。建筑飞檐翘角，雕花门窗，显得
古朴典雅。如今物逝名存，追念先贤，令人肃然起敬。

尤袤墓位于无锡市西郊西孔山麓。墓地半抱青山，神道两侧尚存石马一对，
通体雕饰羁、缰、鞍、镫等马具，似在整装待发。石马后有石武士一驱，戴盔
披甲，双手拄剑，威风凛凛。石刻造像雄健浑厚，是江苏省内留存至今唯一的
石翁仲，具有较为重要的历史和艺术价值。杨万里还记述一则故事，说他曾将
其所著《西归集》《朝天集》赠送给尤袤，尤袤高兴地写诗酬谢："西归累岁
却朝天，添得囊中六百篇。垂棘连城三倍价，夜光明月十分圆。"可见尤袤对书
的嗜好之情。

由于尤袤酷好收集、珍藏书籍，加上他曾担任过国史馆编修、侍读等公职，有机会借阅朝廷三馆秘阁书籍，能够更多地抄录到一些一般人难以见到的书。因此，他的藏书十分丰富，其中善本、珍本亦很多。他的好友陆游曾在诗中描写他的藏书是"异书名刻堆满屋，欠身欲起遗书围"。

尤袤曾把家藏书籍"汇而目之"编成了《遂初堂书目》一卷。这是我国最早的一部版本目录，对研究我国古籍具有相当的参考价值。《遂初堂书目》把图书分成 44 类，从这本书目中可看出，尤袤的藏书包括经、史、子、集、稗官小说，释典道教、杂艺、谱录等等的内容。特别值得一提的是，尤袤十分重视收藏本朝书籍，本朝书籍约占他所收藏史籍总数的三分之一。他收藏的北宋《国史》，九朝具备，北宋《实录》不仅齐全，而且有多种版本。可惜一把大火之后，今天仅存《遂初堂书目》一部。

# 豪放词派

豪放词由北宋苏轼开创，经南宋辛弃疾发展而推向高峰，其打破词为"艳科"的藩篱，风格豪迈奔放、意境雄奇阔达、语言流利畅达。其词作的题材、风格、用调及创作手法等与婉约派多不相同，乃词中一大流派。豪放派词作题材广阔，不仅描写花间、月下、男欢、女爱，更有军情国事这样的重大题材入词，使词能像诗文一样地反映生活，所谓"五言不可入，无事不可入"。

# 一、词之起源————千年学案

词是我国独有的文学样式。词学家们认为，中国词史的揭开，最早要追溯到隋唐时代。词从产生之初就在民间广为流传，是与高雅文化对立的俗文化，带着明显的市民文学的特征。后来，经过文人的加工填词之后，赋予了它一些内涵，使其成为一种新的艺术形式。这样，产生于"胡夷里巷"的词，终于艰难地从被人轻视的角色发展为一种独立的文体，走进了神圣的文学殿堂，并与诗文争领风骚。尽管如此，词所表现的是具有普遍意义的情感和意志，而不像诗歌那样只"言"个人之"志"。它的阅读对象是整个社会，也不像诗歌那样只在某个群体或上层社会之间流传，它具有与时代文学思想相契合的独立的文学品格和艺术精神。

## （一）词体起源四说

"问渠哪得清如许，为有源头活水来。"宋词的源头在哪里？下面，让我们走进深邃的历史隧道，去探视这个最为基本的问题。然而，就目前来看，"词之起源"是词学研究中的千年学案。概括说来，关于词体的起源问题，主要有以下四种说法：

第一种说法认为词起源于长短句，要追根溯源到远古歌谣和《诗经》；

第二种说法认为词就是"诗余"，即诗歌的余音，是一种新诗体，它直接从诗脱胎而来，和诗有着千丝万缕的联系，"词代诗兴"成为抒情吟唱文学一代大宗；

第三种说法认为词起源于汉魏乐府，因为乐府配乐歌唱，句式长短不一；

第四种说法则认为词是伴随着隋唐燕乐而产生的。所谓"燕乐"，也叫"宴乐"，即宴享娱乐活动中所用之乐，是与"雅乐"相对的"俗乐"。"燕乐"的名称早在周代就有，历代宫廷也都有宴享之乐，但是历代"燕乐"的内容和性质并不相同。

隋唐燕乐所包含的内容比前代"燕乐"有了极大的扩充与丰富，其音乐性质也发生了深刻而全面的变化。它是在六朝以来中原音乐和南方音乐的基础上再融合西域音乐而形成的一种新型民族音乐，是"雅乐"之外以民间新兴"俗乐"为主体的艺术性音乐的总称，具有鲜明而强烈的通俗性、娱乐性和抒情性。

可见，关于"词的起源"问题，学术界依然存在分歧。今天，我们有幸站在前人的肩上，站在前人奠定的制高点上综观他们的看法，不难得出这样的结论：以上四种说法均有一定的道理，但不全面。其实，词体的诞生是各种历史因素综合作用即历史合力的结果，长短句、五七言歌辞、汉魏乐府和燕乐，时代、社会和文化因素，都曾参与其中。概括起来，我们有如下认识：

1. "词起源于民间"。这一点在 20 世纪的词源研究中最早取得一致，被称为词的起源之"民间说"。1949 年以来，大多数文学史教科书、词学论著，以及著名词学家，都旗帜鲜明地主张"词起源于民间"，都坚定而一致地认定"民间"这个源头。此外，20 世纪初敦煌藏经洞的打开，敦煌写卷文学作品的发掘，尤其是 20 世纪 20 年代以来伴随着对敦煌写卷曲子词的文献整理和研究工作的不断发展和深入，敦煌曲子词作为现存最早也是数量最大的一批以唐五代民间词为主体的文学作品，越来越引起广大词学研究者的关注和重视，词的起源研究的"民间说"也由此获得了最有力的实证支持。

2. "词"是一种流动发展的文学艺术样式。词在产生之初，呈现为一种综合艺术形态，随着历史的演进，逐渐转化为一种纯粹的文学形式。具体说来，在唐宋时代，"词"主要是歌词，作用是配合流行音乐曲调而歌唱；宋代以后才与音乐剥离开来，演变成一种具有格律形态的抒情诗体。这就像"乐府"是入乐歌唱的歌辞演变为不可歌的徒诗一样。

3. "词"是一种音乐文学形式。在当时，唐宋词融合诗、乐、歌、舞为一体，这一点在今天已经脱离音乐歌舞而表现为书面文学以长短句为主要形体特征的词体形式，在社会功能和文学品格上是有区别的。这种区别就像汉乐府与六朝拟乐府、唐代新乐府之间的区别一样。

4. "依调填词"或"因声度词"的词乐配合方式。这里的"调"或"声"

是指音乐曲调或谱式，词的创作是先有曲调后填词，由乐来定词，这个曲调就是后来的词牌。据记载，当时这种创作约有两种不同的形式：一种是"由乐定词"，即词人用已有的曲调配上新词，也称"填词"，这种形式被后人一直沿用，故有写诗填词之说；另一种是"依词配乐"，即词人依据新的歌词创作新的曲调，也称自度曲。

5. 唐宋词所依据的"声""调"，主要是指隋唐时期新兴的音乐——燕乐曲调，这是在魏晋以来中原音乐、南方音乐和西域音乐相互交融的基础上所创造的一种新音乐，是与"雅乐"相区别的以"俗乐"为主流的娱乐性、艺术性音乐的总称。

6. 长短句是曲子词的句式特征。由于词的语言形态要受到乐谱的限制，而乐句是长短不齐的，那么，词的语言形态就不能不是长短句了。同时，中国文化又是一种植根于农业文明、师法古代的史官文化，词人们从地位尊崇的《诗经》中找到了参差的句式，从影响深远的汉乐府里找到了杂言的形式，又从梁武帝、隋炀帝的歌词中找到了按谱填词的范本，因而，《诗经》以来的参差句式必然是曲子词的句式范本。

可见，词由隋唐音乐文化的新变催生，是隋唐燕乐曲子流行的新产物，是诗歌与音乐在隋唐时代以新水准和新方式高度融合的产物。所以说，词体的源头是一个多元的构成，可谓是应运而生。那么，到底应该如何定义词呢？《中国文学大辞典》中说：词是指隋唐时代随着燕乐兴盛而产生的一种合乐可歌的新诗体。它又被人称为曲、曲子、曲子词、乐府、近体乐府、乐章、琴趣、歌曲和诗余等。由此可见，词和诗、文、小说、戏曲一样，是中国文学中的一种体裁。

## （二）音乐：词之本

从词的定义来看，词又被称为曲、曲子、曲子词、乐章、乐府、琴趣、歌曲等，这些别称表明了词和音乐的特殊关系。可以说，音乐是词之本。如果离开了音乐，词也就根本无从产生，也就没有词了。词的起源受音乐的影响，这是百年来学术界所公认的事实。所以人们又把词看作音乐文学，以此来说明二者息息相关。自古以来，文学和音乐的结合，是中国文化的一个重要特点。文学在产生之初，就和音乐结下了不解之缘，可以说，文学和音乐这两种艺术样式是异根同源的。

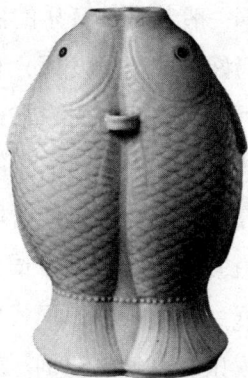

众所周知，词体的兴起与燕乐有很大关系，而燕乐就是隋唐时各民族音乐融合而成的一种新式音乐。隋唐五代时期，随着华夏社会版图的不断扩大和异族思想文化的大肆进入，各民族音乐和华夏社会流行的原有音乐相结合，产生了一种新兴的音乐——燕乐。同时，那是一个思想解放的年代，各种异域思潮纷至沓来，原有的音乐兼容并包，海纳百川。于是民族音乐在大踏步前进的基础上，张开手臂欢迎和拥抱了来自西域和其他各地的新成员，使得自身发生了质变，成为风靡一时的流行俗乐。词就是在此时诞生的一个文学新品种，它是随着音乐的发展而产生，而且是能合乐歌唱的一种新诗体。可见，词在萌生之初，就与生俱来地具备了"合乐可歌"的特点，它是配合新兴乐曲而演唱的歌词。词与音乐的关系犹如鱼与水一般亲密无间。

## （三）娱乐：词之源

在阶级社会中，统治者掌控着国家机器，聚敛了大量财富。他们不仅充分享受着物质财富给他们带来的无限欢乐，而且还全部占有着精神领域内的一切娱乐活动。因而，娱乐权也就不容置疑地专属于统治阶级了。另外，统治者在政事之余还要调节精神、愉悦身心，或者宴请宾朋、寻欢作乐等等，这些活动都需要举行相应的娱乐活动。同时，隋唐以来城市经济迅速发展，市民阶层不断壮大，市井生活丰富多彩。从文学发展的规律来看，这一切都是世情文学滋生的深厚土壤。而除舞蹈外，最常见的娱乐活动就是歌唱。歌曲，可以说就是语言的音乐化。即使是舞蹈的表演，在多数情况下也是结合着歌唱进行的。而这种歌唱除了音乐外，还应有唱词。这就为词的产生提供了最适合的土壤，也是词体得以广泛传播的社会基础。在这样的社会大背景下，词应运而生。曲词相互配合的词体，由于其内容随俗、音调动听，自然受到广泛的喜爱。这类唱词一般都是按音乐的曲调撰写的，其内容自然是配合娱乐活动的需要，或事先写好，或当场发挥，有的根据主人的爱好，有的仿照演唱者的口吻，后人把这种按音乐而写词的方式称作"填词"。填，即填充也，它非常形象地描绘了这种艺人或文人依照演奏的音乐曲调而写词的文学创作方式。而音乐的曲调有快慢高低之分，这也使所填的文字具有差别，词之文本句式长短不一，形成所谓的"长短句"。可见，词与娱乐的关系密不可分。词因娱乐而产生，也因娱乐而发展。在娱乐中，词找到了用武之地，也体现出存在的社会价值。社会生活需要娱乐，也就需要词。就这样，随着唐帝国的空前强盛，经济的持续繁荣，社会的长久稳定，城市的兴旺发达，词历经隋代和唐初的幼年期之后，很快在盛唐、中唐，尤其是晚唐五代时期获得了长足的发展。因而，词堂而皇之地进入了宫廷，也进入了达官贵人之家，文人雅集、游园观赏、节日晚会等重要社交场合，都要伴随着歌舞的演出，与娱乐如影随形。可见，娱乐的需要是词产生的根源。娱乐，才是词发展的原动力。

词的流变

中华民族历来是富有创造性的，他们从历史的深处走来，不仅在神州大地上创造了不朽的物质文明，也创造了灿烂的精神文明。就文学而言，以《诗》《骚》为源头，用智慧演绎着奔腾不息的文学长河。词作为其中的一个灿烂存在，经历了从萌芽到成形并逐步完善的发生发展过程。然而有的事物较单一，其发生发展过程就相对清晰；有的事物较复杂，其发生发展过程也就相对模糊，词应该属于后一种情况。词兴起于唐代，发展于五代（907—960年，繁荣于北宋（960—1127年），派生于南宋（1127—1279年），这样分期当然是极为简略粗疏的。"词"在唐五代，原是多种歌辞体裁中的一种特殊形态，当时主要称之为"曲子"或"曲子词"，后来简称为词，就是我们今天用以跟诗或曲对称的词；"宋词"主要是在唐五代"曲子词"的基础上发展演变而来的，宋以后的词又是承宋词而继续衍演变化的，它们之间有着明显而确切的传承关系。

## 1.唐五代词

敦煌曲子词。还是让我们从词的源头——敦煌词入手吧。1899年，敦煌石室发现了一大批唐代珍宝，其中就有著名的曲子词写本残卷，所收曲子词一百六十多首，其年代作者皆不可确考，

大多是唐五代无名氏的民间作品。这本《敦煌曲子词集》是我国最早的词总集，为研究词体的原型提供了宝贵资料。经研究发现，敦煌曲子词作者身份多样、题材广泛、词境宏阔、社会性强。从艺术风格看，敦煌词有的粗犷热烈，有的委婉深沉，有的俚俗，有的精巧，有的质朴。尤其应当强调的是，敦煌词作者所抒发的感情大多健康活泼、清新自然。此外，词体容量有大有小，有小令也有慢词，词体格式也不固定，富于变化，手法也还有些稚嫩。由此可见，唐朝时，词这种文学形式在民间已经很流行了，敦煌词应该是词体发展的初级阶段。

唐代民间词的产生，有其深厚的社会历史文化积淀。自从汉武帝罢黜百家、独尊儒术以来，儒家思想也渗入到诗学中。诗歌本是用来抒情言志的，而在特殊的社会背景下，往往就只能言志而不能抒情了，并且所言之"志"也只能是儒家"修身齐家治国平天下"的"志"。在这种权力话语的支配下，文人的个性情怀受到压抑，情感很难找到宣泄的机会。于是，文人们开始思考诗的内涵，陆机提出了"诗缘情而绮靡"（《文赋》）。但是，由于儒家诗教在我国已根深蒂固，所以，"缘情而绮靡"的诗歌创作主张不可能真正得到实施。这就迫使文人们突破藩篱，别筑庭院。脱下儒家正统诗教的沉重盔甲，换上日常便装，释放被禁锢的灵魂，已经成为唐代文人们自觉的追求。就这样，在唐代比较发达而活跃的社会氛围下，词产生了，而且只能首先在民间产生。

中唐文人词。中唐前后，民间词的广泛流传吸引了一部分比较接近人民的诗人，词很快在文人中得到重视。被传为《菩萨蛮》和《忆秦娥》的作者李白以及中唐许多作家如张志和、刘长卿、韦应物、刘禹锡、白居易等人都开始用长短句填词，创作了许多作品。这就是词学家们津津乐道的"中唐文人词"。文人词的创作便由隋到初唐的偶发状态发展到中唐时的自觉状态。中唐文人词的题材也比较广泛，是按曲调来填词的，词体尚未定型，还较多地以写诗的手法写词。

晚唐五代词。词的成熟，是晚唐五代时的事。从晚唐至五代，词在艺术形式和思想内容两个方面都取得了长足的发展。形式上日趋成熟，题材上也几乎成了"缘情"的代名词。翻开《全唐五代词》二、四、五、六卷，就可以清晰地看到这一变迁过程。在中晚唐之际词体才确定成立，"依曲拍为句""由乐以定词""因声度词"，已成为词的自觉而稳定的创作方式，词的长短句的形体特征以及篇制、声韵、格律等形式规则也都日益固定下来。同时，也是在晚唐五代时期，出现了以词创作为职业，并且奠定了词的独立文体地位，形成词的第一次发展高峰。文学作品的主流思想常常是一个时代文人精神世界的折射，晚唐五代的社会环境恰是促成"缘情"主题的"花间"词兴盛的温床。在唐代三百多年里，李姓帝王没有倡导独尊儒术，文人的思想始终比较自由，亲近佛、老思想的文人才士，尽情地抒写情怀。到了晚唐，这个封建社会的鼎盛王朝留给人们的只有烽烟四起的现实和极度空虚的精神世界，文人们普遍感受到了对于人生和时代的深切的绝望感与孤独感。而五代是小国割据的乱离之世，这时的文人词正处于渐趋成熟的转变阶段，其中也不乏佳作。这里不能不提到久负盛名的花间词和南唐词。

所谓花间词，因五代时赵崇祚编辑的《花间集》而得名。录词有 500 余首，主要是供士大夫宴会间演唱的，故名《花间集》。不管内容如何，单看艺术水平，已经达到相当高的程度。在现存唐五代 1100 多首词中，花间词人的作品就占了 500 首，可见花间词派影响之大。它也是现存最早的文人词总集。花间词派以晚唐温庭筠为首，西蜀词人为主。其作品多是文人学士酒边樽前的小唱，内容多闺情离愁，反映面不广，没有什么深意可言，然而其柔婉精微之特质，却足以唤起人心中的某一种幽约深婉的情意。遍检《花间集》，基本上可以得出唐五代词的咏物之作都是纯粹咏物而无寄托的结论。我们知道，唐五代词是在与南朝特别是宫体诗相似的社会环境中产生的，因此也具有了与宫体诗相似的唯情唯美的倾向；另外，由于新的音乐形式燕乐的制约，这种唯情唯美的倾向得到进一步的发扬光大，从而形成了唐五代词以动荡为美、以柔弱为美的总体风格。但作为艳词，它对宋词产生了很大影响。作为花间词派鼻祖的温庭筠，是致力于填词的第一人。他善写闺情，内容与南朝宫体相似；艺术上多用曲折的笔调、华丽的辞藻，精雕细琢，自有独到之处。他曾以当时流行的《菩萨蛮》曲调，填了 14 首歌词，抒写艳情闲愁，可谓是典型的艳词，他因此而被看作是艳词代表作家。另一著名的花间派词人韦庄，内容除

写闺情外，还抒写个人的乡愁旅思，手法则以白描见长，语言明白，音节响亮。和《花间集》同时的南唐，也涌现了一批优秀的词作家。最著名的是李煜、冯延巳和李璟。他们不仅可以和《花间集》抗衡，甚至到李煜北掳以后，所写的词感慨极深，并以白描取胜，艺术造诣很高，极富个性，成就远远超过了《花间集》，直到现在，仍令我们觉得高不可及。因此，今天提到南唐词，主要即指冯延巳、李璟、李煜三人的作品。南唐地处江南，三人又都集中在当时南唐的首都金陵，成为文学史家所称的南唐词人。

唐五代词虽然是文人创制、文字与音乐完美结合的"诗客曲子词"，但是从《花间集》收录的作品不难看出花间词师心造化、自铸妍丽、略少书卷气的特点。可见，以《花间集》为代表的晚唐五代词，摆脱了儒家重功利文艺观的束缚，重视文学的审美娱乐功能，发展了文学创作中重视官能享受的功用。而中国传统诗教中的讽喻精神、歌功颂德的传统丧失殆尽，所以晚唐五代词作尽美而未能尽善。

北宋词

晚唐五代以来，词体文学这一新兴的文学样式便以长短句的形式、相思别恋的内容、柔婉妩媚的格调作为正统被规范成型，占据了词坛的主导地位。宋人的词体观念基本上继承了这一传统。可以说，词发展到宋代，出现了百花争妍、千峰竞秀的盛况，可谓异军突起，华彩纷呈，具有强烈的艺术魅力。当然，宋词的辉煌发展是有着它本身特定的历史背景和社会条件的。北宋王朝结束了五代十国分裂的局面，全国统一，社会生产力得到恢复和发展，特别是雕板和活字板印刷术的使用，对文化传播更是有着直接的影响。而且，都城汴京本是五代时的旧都，曲子词在那时就已甚为流行。宋初，这种新起的曲子和词不仅盛行于民间，连文人学士、达官贵人甚至帝王都深好此道，宋太宗本人不仅爱听，而且还自制新词。宋词就是在这种特定的社会条件下不断发展而成的。

北宋之初，词坛传承五代之风，词作多以小令为主。尤其是晏殊、晏几道、欧阳修，他们的小令继承了花间派婉丽、南唐词疏朗的词风，晏殊、欧阳修还被时人并称为"晏欧"。但情志兼容、婉豪共济是词体发展的必然要求，所以从宋初开始就不断有人从各自的生活经历出发，写出有别于"花间"风气的词作。

如李煜的故国哀思，范仲淹写塞上风光。这在一定程度上对多数人所拘守的狭窄范围有所突破，并取得了一定的成绩。但终是乌云密布的夜空中的几颗小星，只是随风飘闪显露一时而已，未有多大影响。其间，有一颗新星正在耀人眼目。他，就是开创慢词的柳永。柳永受民间词的影响而又能吸收前代诗歌的精华，制作了许多篇幅较长又谐合音律的"新词"，其内容比较多样：有描写帝都壮丽、城市繁华的，有抒写羁旅行役和自然景物的，还有描写歌伎生活以及他与歌伎之间情意的。他的词善用铺叙手法，语言通俗流畅，深受市民大众的欢迎，不仅继承了敦煌曲子"俗"的一面，也接受了花间词特别是韦庄词以"情"见长的一面。正因为如此，柳词受到了最为广泛和无以复加的社会好感，曾有这样的记载："凡有井水饮处，即能歌柳词。"(《避暑录话》)在柳永的影响下，相继涌现出了不少各具特色、自成一家的优秀词人，如秦观、贺铸、周邦彦等。可见，北宋中叶以前，词人多囿于词为"艳科""诗余"之成见，主要写男女恋情和离别相思。所以虽间或有人抒写家国之痛、边塞之苦、怀古之思，但从整体上说，词坛基本被"婉约"之风笼罩，因而也就没有婉约词与豪放词的区分。

继柳永之后的秦观是婉约词派的杰出代表。他生长在北宋词坛新旧交替、大词家纷纷出现的时代，这就使他有可能充分博取各家之长，形成自己独特的风格。比秦观稍后的周邦彦是北宋婉约派中"集大成"的词人，他的词典丽雅正，在令人眼花缭乱的词坛上，提供了一个规范化的标准，在词史上有深远的影响。由于出身、经历、历史条件的限制，周词多描写个人失意的哀愁、羁旅行役的愁苦等，他笔触委婉，描写细腻，如《兰陵王·柳》，托柳起兴，抒发雨中送客的羁旅愁情，精美锤炼的语言，抑扬往复的音节，使全词显出一种典雅、含蓄、丰润的气派。周邦彦的最大贡献在于艺术技巧和形式格律方面，他最终完成了文人词的格律化。

在苏轼的词风没有取得广大读者拥护之前，整个北宋词坛几乎全为柳永所笼罩，但是苏轼的出现改变了这一状况。北宋中后期，苏轼以诗为词，把诗家的"言志"和词人的"缘情"结合起来，公然与当时风靡词坛的柳词抗衡，坚持词"自是一家"的独特面目，开辟了用词来全力表现作家主观性情的新格局。苏轼

是北宋词坛最大的革新者，他的理论和大胆实践，如一块巨石投入平静的湖面，一石激起千层浪，使整个词坛重整格局，豪放词异军突起，纵横捭阖，豪气冲天。正是苏轼在一定程度上恢复和发展了民间词的传统，使词不再浅吟低唱，拓宽了词的表现范围，扩展了词的境界，改革了词风，提升了词境，具有划时代的意义。如果说柳永尚跳不出"艳科"的范围，那么，苏轼无论从内容到风格，都有破旧拓新之功。苏词的代表作《念奴娇·赤壁怀古》："大江东去，浪淘尽，千古风流人物……乱石穿空，惊涛拍岸，卷起千堆雪。"大江东去，浩浩荡荡，气魄恢弘，豪迈奔放，成为中国文学史上至为灿烂的篇章。他那广阔的创作视野、丰富的想象力和天马行空的语言能力，使他的词作别具一格，为宋词发展开辟了广阔的道路。虽然苏词的成就是巨大的，但在北宋词坛，很多人却仍是以受柳词影响较大的秦观词为"当行本色"，而以苏词为"别派"，苏词的诗化道路并未得到响应。靖康之变，国破家亡，词人们的繁华梦破，词风也为之陡然一变，苏轼词终于受到了称许。很多文人雅士都认为苏词逸怀浩气，超然乎尘垢之外，使天下人耳目一新。不能不提的是，北宋后期，词的发展出现了学柳永而过于俗化，学苏轼则过于诗化的倾向。于是体现传统婉约词创作主流的"本色"理论——李清照的《词论》应运而生。《词论》的核心观点是词"别是一家"说，其基本内涵是词应合律而歌，强调词与音乐的关系。

南宋词

词发展到南宋，进一步突破了"词为艳科""以婉约为正宗"的局限，豪放词占主流，逐渐走向顶峰，婉约词继续发展步入高峰，随着南宋的灭亡，豪放词与婉约词相继步入衰落，走向末流。南宋初期，李清照继承婉约词风，她的词以南渡为界分为两期，前期词情调以热情、明快为主，委婉含蓄；后期由于生活经历的坎坷，词多写对国事的忧思和生活流落的痛苦，她的词可以说是用血泪凝成，风格凄怨。如《声声慢》，通篇是愁，"寻寻觅觅，冷冷清清，凄凄惨惨戚戚"十四个迭字造成如泣如诉哽咽难言的音韵效果，堪称千古绝唱。由于她的生活经历艰难曲折，加之对艺术的力求专精，词的成就超过秦观，婉约词至此达到顶峰，此后逐渐走向衰落。

与此同时，由于金兵的入侵，半壁河山处于风雨飘摇之中，统治阶级内部的主和与主战之争日益激烈。正是在这样一个外有强敌、内有国贼的灾难深重的时代，孕育了一大批爱国词人，他们把积压在胸中的满腔悲愤，通过词的创作倾泻出来，壮怀激烈，慷慨悲歌。张孝祥、张元干是南宋初期词坛的双杰，他们以激昂悲壮的情调，抒发了爱国激情、忠义之愤，但他们在艺术技巧上不甚讲究，词作没有达到苏词的高度。可以说他们是上承苏轼下启辛弃疾的词作家，为辛弃疾的爱国豪放词派的形成起了先驱作用。豪放词至辛弃疾达到了艺术上的高峰。

辛弃疾是南宋著名的爱国志士，一生都为收复失地、统一中国进行着不懈的斗争。由于主和派的打击，他一生基本上是在不被知遇、无所作为的环境中度过。所以他的词多是抒发忠肝义胆与困龙之哀，意境雄奇阔大，风格慷慨悲壮。如《永遇乐·京口北固亭怀古》抚时感事，笔势纵横，气概雄伟，感情悲愤，缅怀神州的深厚感情和驱敌复国的雄心壮志赋予这首词不可抗拒的艺术魅力。辛词较苏词深刻，将豪放词推向更高的境界。辛弃疾在南宋词坛上是一面爱国主义的光辉旗帜，在他的旗帜下，形成了一批以爱国热情为主题，风格悲壮豪放的辛派词人，如陈亮、刘过、陆游等。

但发展到南宋后期，由于国势日衰，许多词人深感救国无望，情绪低沉，思想消极，使豪放词低弱下去。以姜夔为代表的格律词派继承周邦彦的传统而又有新的变化，姜词音律之讲究，辞句之精美，在宋词中是很杰出的。他善于借各种事物，以清劲的笔势、含蓄深远的表现手法创造清幽隽永的意境，来寄托他寂寞的心情，与柳永、周邦彦那种轻靡浮艳的风格不同。但由于他过分地追求艺术的美，刻意求工，雕琢堆砌，内容反而比较单薄。姜夔以后的词人专门摹仿姜词，更是不自觉地发挥姜词的弱点，内容比姜词更为单薄，词又走上创作的狭窄道路，婉约词至此

衰落了。

　　南宋人已明确地把苏轼、辛弃疾作为豪放派的代表，以后遂相沿用。从词的兴起到北宋末年，也可以说，全部词中较好的那一半，产生在这一时期。以后的南宋时期，尽管派别滋生，作者增加，但就总的质量而论，已不如南宋以前的作品。

　　总而言之，词体的成熟经历了一个漫长曲折的历史过程。事实证明，词体同其他文体一样，应该而且能够自由地反映深广的社会生活，既可"缘情"亦可"言志"，既可婉约亦可豪放。海纳百川，有容乃大，这是词体内涵自我实现的本能要求。纵观宋词风格的发展过程，婉约与豪放是并驾齐驱的两大基本派别。北宋以婉约词为主流；北宋后期豪放词异军突起，与婉约词并容；南宋则以豪放词为主流；一直到南宋末，豪放词与婉约词相继走向末流。

# 二、异军突起豪放派

大凡事物，发展到较完备的阶段，就会有风格流派之分。关于词的风格，历来词论家就有"婉约"与"豪放"之分，其中许多人把婉约视为词的"正宗"，而把豪放词看作词的"别调"。但我们认为，词调的音乐风格有豪放与婉约之别，词的题材内容有豪放与婉约之别，词人的性情、襟怀、际遇等也有豪放与婉约之别，词的文本的风格有豪放与婉约之别也是天经地义。所以，就像口味无可争辩一样，不能以优劣论豪婉，二者具有同等的审美价值。

"豪放"一词原来是用来形容人的性格，有气魄而无所约束。唐代司空图开始用它来形容诗歌的风格，在他的《诗品》中，就把"豪放"作为二十四诗品之一。至明代张綖才用来表现词的风格流派。豪放，原本有"豪"和"放"两重含义。带有"豪"意的豪迈、雄壮、磅礴、恢弘等特点和带有"放"意的横放、奔放、疏狂、超旷等特点都可以归入"豪放"。但是，明代词评家以"豪放"来评词，一开始就专指那些恢弘刚健、豪迈磅礴之词。因此，"豪放"作为一种词风，只有其本义中"豪"的一面，失去了"放"的一面，这种变化延续至今。综合各位大家的观点，我们认为，豪放派词作题材广阔。它不仅描写花前月下，男欢女爱，而且摄取军情国事等重大题材入词，使词像诗文一样反映生活，所谓"无意不可入，无事不可言也"（刘熙载《艺概·词曲概》卷四），境界宏大，气势磅礴、不拘格律、徜徉恣意、崇尚直率。凡注重反映社会、强调抒怀言志、词风偏于阳刚的词人，皆可入"豪放派"。

宋词在唐五代词的基础上发展，一直以婉约为主流，北宋中后期，豪放词异军突起。

## （一）豪放词的形成

宋初词人虽然论词以"花间"为宗，作词以"花间"为准，仍然延续着五代深婉美艳的词风。但是，情志兼容、婉豪共济是词体发展的必然要求。词体想要承担起文学应有的社会功能，充分实现其自身的价值，就必须对这种状况进行改革，发掘它被掩埋的另一半潜能，展现它的另一面美好。所以从宋初开始就不断有人从各自的生活经历出发，写出有别于"花间"风气的词作，其中有三个值得注意的开拓型词家。第一个是一代名臣范仲淹。范仲淹驻防边陲，留下了抒写边塞秋思羁旅情怀的三首名作《渔家傲》《苏幕遮》和《御街行》，将思乡之切、报国之殷熔铸一炉。第二个是"奉旨填词"的柳永。柳永把词从文人士大夫手中拉回民间市井，将"才子佳人"式的"平等"爱情观借词来展现。第三个就是王安石。王安石作为杰出的政治改革家、诗文大家，词作虽不多，但意境开阔，格调高昂，感慨深沉，洗却五代旧词风。他的代表作《桂枝香·金陵怀古》把怀古与讽今、历史教训与现实变革相结合，立意高远，思想深刻，风格刚健。不仅如此，即使是最具女性美的秦观在表现其主体性情时也并非始终婉约细腻，即使是女词人李清照也有豪迈情怀。可以说，只要文人继续参与词体的创作，继续表现士大夫多方面的怀抱，就必然会产生豪放词。这一切可谓是开豪放词之先河，但是由于作家及作品的数量不多，或才力有限，更不是自觉的追求，所以没能在词坛上建立起影响深广的流派。不过现实已经表明，晚唐五代以来那种红艳艳、软绵绵的词体已无法承受现实世界的雨雪风霜。

## （二）豪放词的发展

细梳豪放词发展的艰辛历程，还是要从敦煌民间词开始。在词的发展历程中，豪放词时而如小溪潺潺，时而如大河流水，时急时缓，时宽时窄，伴着婉约柔媚的杏花疏影，迢迢而来，刚健之音不绝，慢慢从稚嫩走向茁壮，蓄势待发。直到北宋中叶，引吭高歌的重任落在了苏轼的身上。苏轼在词体演变的必然要求、时代感召、词体革新先行者的示范作用等因素的共同推动下，从社会政治、国家形势和现实人生的需求出发为词把脉，并以其卓异的天才、广阔的视野、旷达的性格、奔放的热情、精博的学识和对自然人世的深沉情感，挥洒那支波澜横生的大笔，创作了雄浑跌宕、激昂顿挫的新词章，使豪放词在以婉约词为主流的北宋词坛上大放异彩，大大扩展了词的领域，丰富了词的表现手法，把词提高到正统文学的地位上来。自此以后，豪放词洪波涌起，一路波澜壮阔，滔滔向前，词坛也由原来的一峰独秀变成双峰对峙、群山环抱。豪放词到南宋，面对国破家亡、民族生死存亡之秋，已不再是那种浅吟低唱、轻歌曼舞的作品，而是一种武器。爱国者用它来抒写对国事的忧情和英雄无用武之地的悲慨，一时间出现了大量的"壮词"，词风一般都激昂悲壮、豪迈奔放，从而形成一种豪放风格，形成一个流派。至此，豪放词成为南宋时期的主要文学形式而得到社会的公认和词家的重视，不仅有作家群，且还有了领军人物——辛弃疾。豪放词风从兴起到发展直至形成一个文学流派，其间经历了漫长的过程。可见，任何一个时代的文学，任何一个文学流派，都要继承和发展前人的优良传统，豪放派也如此。范仲淹和王安石等人虽有豪放风格的词作，但仅仅是一个先导而已。苏轼以诗入词，词中无所不包，无所不言，扭转了百余年来的词坛颓风，大大地开拓了词的意境和表现方法，把豪放词推向了一个新的里程，最后又由辛弃疾将豪放词推向极致。也曾有人将豪放派的形成与发展大致分为四个阶段：

范仲淹写《渔家傲·塞下秋来风景异》，发豪放词之先声，可称预备阶段。

苏轼大力提倡写"壮词"，与柳永、曹元宠分庭抗礼，豪放派由此进入第二阶段，即奠基阶段。

苏轼之后，经贺铸中传，加上靖康事变的引发，豪放词派获得迅猛发展，集为大成，可称为第三阶段，即顶峰阶段。这一时期除却产生了豪放词领袖辛弃疾外，还有陈与义、叶梦得、朱敦儒、张元干、张孝祥、陆游、陈亮、刘过等一大批杰出的词人。他们以爱国忧民的壮词宏声组成雄阔的阵容，统治了整个词坛。

第四阶段为延续阶段，代表词人有刘克庄、戴复古、刘辰翁等。他们继承辛弃疾的词风，赋词依然雄豪，但由于南宋国事衰微，恢复无望，豪放派的词作便呈现悲观灰暗之气象。

豪放词风从兴起到发展直至形成一个文学流派，其间经历了漫长的过程。纵观宋词风格的发展过程，豪放与婉约是并驾齐驱的两大基本派别。北宋以婉约词为主流，北宋后期豪放词异军突起，与婉约词并容，南宋则以豪放词为主流，一直到南宋末豪放与婉约词相继走向末流。总之，适应不同的内容表现不同的风格，情至笔纵，运用自如，是宋代杰出词家的共同点。"国家不幸诗家幸"，宋代社会三百多年的风云变幻为宋词的创作提供了广阔的背景和丰富的题材，孕育了一大批杰出的词作家。宋词成为古代文苑中的一株奇葩，是中国古代文化领域里最宝贵的遗产。豪放与婉约这两大分庭抗礼的巨流波澜衍漾，滚滚向前，对后世文学产生了深远的影响。

# 三、豪放派的创作特色

宋词中婉约、豪放两种风格流派的灿烂存在，使词坛呈现双峰竞秀、万木争荣的气象。了解把握各个流派的创作特色，将有助于我们的鉴赏和艺术借鉴。整体来说，豪放派具有"阳刚之美"。具体说来，豪放派表现出如下创作特色：

## （一）题材广泛："无意不可入，无事不可言"

豪放派词主要是反映广阔的社会和人生。豪放派除了写个人的感受之外，主要摄取重大题材入词，使词能像诗文一样地反映生活。有怀古咏史，有谈禅说理；有感时伤事，有身世友情；有国家政治，有个人牢骚；有战场风云，有田园风光。总之，大至国家盛衰、时政得失，小至个人理想抱负，日常感受，举凡目见耳闻，身心所感，无不可以词来表现。从感叹社会人生的"大江东去"（苏轼《念奴娇》），到状写美景佳人的"东风夜放花千树"（辛弃疾《青玉案》），各种题材都可入词，达到了"无意不可入，无事不可言"的境地。由于题材多样，内容丰富，词的主题也就从表现个人感受而扩展到反映社会风云、追求人生真谛等广阔的层面上。

## （二）意境创造：深远宏阔

豪放派词或雄浑浩大，或壮阔豪迈，或苍茫旷远，或沉雄悲壮，或空灵飘逸，整体说来意境深远、宏阔，因而在情调上显得高亢、雄浑，只能是"关西大汉"慷慨高歌般放声大唱。诵读豪放词仿佛昂首高歌，"大江东去"，大气包举，苍茫浩翰，令人激情迸发，壮志凌云。例如豪放派的开创者苏轼的豪放词代表作《念奴娇》(大江东去)，境界亦如大江般壮阔豪迈，读之使人胸襟开阔，思绪翻飞，仿佛置身长江岸边，目送浪涛翻卷，滚滚东去；回首往昔，历史的风云

在胸中激荡，情不自禁高唱一曲山河颂，一曲英雄赞。再如辛弃疾的《破阵子·为陈同甫赋壮词以寄之》一词，虽然是抒发壮志未酬的悲愤"可怜白发生"，却用峭拔的笔力描写戎马生涯"沙场秋点兵"，"醉里挑灯看剑，梦回吹角连营"。并抒发建功立业的雄心壮志，"了却君王天下事，赢得生前身后名"。境界恢宏高远，情调激昂高亢，虽然有悲，但悲而不哀，仍给人以奋发之感。再如南宋名将岳飞那首千古传诵的《满江红》（怒发冲冠），更是意境沉雄悲壮的代表。

## （三）表现手法：以诗为词

"以诗为词"，即以词作为抒情达意的诗歌样式，使词由音乐本位转变为文学本位。"以诗为词"是豪放派的代表人物苏轼的自觉选择，也是词体发展的必然趋势。苏轼极力把宋代诗文革新运动扩展到词的领域，打破了诗词原有的界限，把艺术的笔触伸向广阔的现实生活和个人极具丰富的内心世界，开拓了词的题材，拓展了词的意境，丰富了词的语言，增添了词的表现手法，使词摆脱了游离于主流文化之外，作为乐曲的歌词而存在的地位，并成为独立的抒情文体。可见，"以诗为词"无论从题材内容还是到表现形式，都是对词的重要发展和革新。豪放派词不仅用白描、铺叙，而且把在诗歌创作中常用的比兴、用典以及议论手法广泛地运用到词的创作中来，并把议论的手法成功地引到词中，极大地丰富了词的表现手法。如《念奴娇》中，"人生如梦，一樽还酹江月"，《水调歌头·明月几时有》中，"不应有恨，何事长向别时圆？人有悲欢离合，月有阴晴圆缺，此事古难全"等都是议论性的。另外，从描写景物来看，豪放词多描写千古江山、萧萧易水、塞外沙场、星汉神州，气象峥嵘、境界恢弘，给人以气势磅礴之感。因而豪放词往往从大处落笔，驰骋跌宕，粗线条勾勒。从表达词意来看，豪放派更是慷慨磊落、纵横豪爽，如张孝祥的《六州歌头》，"时易失，心徒壮，岁将零"。给读者以明白、畅快之感。从语言运用的角度说，豪放词语言清新质朴，自然畅朗。如"浪淘尽千古风流人物""肝胆皆冰雪""仰天长啸，壮怀激烈""金戈铁马，气吞万里如虎"等。从表达方式上来说，豪放派更多的是直叙其事，直抒其情。苏轼的第一首豪放词《江城子·密州出猎》直接叙写出猎情景和报国壮志。其豪放词代表作《念奴娇·赤壁怀古》更是融叙事、写景、议论、抒情于一体。

### （四）抒情方式：一气贯注

从抒情风格来说，豪放派多采用酣畅淋漓、直抒胸臆的笔调，一气贯注，淋漓尽意，把豪爽、旷达、高洁、忠贞之情和盘托出，事中见理，情理合一。虽不及婉约派那样能让人细细品味，但一读词就使人激动不已。最典型的是苏轼的《念奴娇·赤壁怀古》。词以江水起兴，全词恰如奔腾澎湃、滔滔东注之长江，感情一泻直下，把由怀古引起的壮志难酬的悲愤，抒发得淋漓尽致。另外，和婉约词多以景写情不同，豪放词则多通过历史典故或今事来抒发感情。苏轼的《念奴娇》自不必说，辛弃疾的《永遇乐·京口北固亭怀古》则连用孙权抗曹、刘裕北伐、刘义隆草率北征败北、廉颇垂老犹思报国等历史典故和边民民族感情逐渐淡漠，四十三年前扬州路上的烽火等今事来抒写对南宋王朝妥协投降的愤概和壮志难酬的悲哀。于事中见理，达到了情和理的高度统一。尽管如此，辛弃疾依然隐忍着困龙之哀，在重压之下保持着豪迈奔放的风格。

### （五）情感内涵：奔放豪迈

从表达的感情说，与细腻的婉约词相比，豪放词则多慷慨激昂、奔放豪迈。题材内容对所表达的内容的制约和影响是不言而喻的。豪放词则多抒发志士忧国的感喟，英雄失路的悲愤，吊古伤今的情怀，如苏轼的《念奴娇·赤壁怀古》，在礼赞壮丽山河和古代英雄中寄托着壮志难酬的悲哀，辛弃疾《永遇乐·京口北固亭怀古》则借孙权、刘裕等古代人物鞭挞南宋政权妥协投降政策，借以告诫当权者要以史为鉴，谨慎从事，又以廉颇自喻，表达报国无门的哀怨。全词既有豪迈威武的英雄形象，又充满慷慨悲壮之气，是有名的豪放词作。而陈亮的《念奴娇·登多景楼》简直是以词写的一篇战争形势论文。这

些作品，虽然所抒之情有别，但无不大气磅礴，奔放豪迈。

从音律的角度说

婉约词多严守格律之限制，不敢越雷池半步。豪放词则以达意为主，常常突破格律之束缚。豪放派的代表词人苏轼，就时有冲破格律的束缚之举。为此李清照批评苏词"皆句读不葺之诗尔，又往往不协音律者"，这也正道出了豪放词的一大特点。同时，豪放词音调比较高亢、昂扬，节奏较为急促，在音韵上有铿锵之美。

豪放词派

# 四、苏轼之奔放旷达

豪放派代表作家，首推苏轼。苏轼"以诗为词"，情性之外不知有文字，以其超尘脱俗的人格境界，高风绝尘、超迈豪横的审美韵致，开创了以超旷为主导风格的多样词风。苏轼胸有块垒，大气如虹，多写气象阔大高远的江河、长空、明月等，意象澄澈空明，超凡脱俗。可以说超旷是苏轼最重要的词风。但苏轼的超旷绝非脱离现实，也并非隐士的归隐避世，而是对世俗牵累、对外物羁绊的内在超越和对理想人格、精神自由的追求。他始终立足现实，"对生活保持着诗意的感受"，用他的生花妙笔，自由地抒写性情怀抱。下面，我们就通过几首词走近苏轼的高情逸致，走近豪放词那豪迈奔放的世界。

## （一）百吟不厌的《念奴娇·赤壁怀古》

念奴娇·赤壁怀古

大江东去，浪淘尽，千古风流人物。故垒西边，人道是，三国周郎赤壁。乱石穿空，惊涛拍岸，卷起千堆雪，江山如画，一时多少豪杰！

遥想公瑾当年，小乔初嫁了，雄姿英发。羽扇纶巾，谈笑间，樯橹灰飞烟灭。故国神游，多情应笑我，早生华发。人生如梦，一樽还酹江月。

《念奴娇·赤壁怀古》是一首久负盛名的作品，历来被认为是豪放词的代表作，被誉为"千古绝唱"，甚至"大江东去"成为豪放词的代名词。其作者苏轼是后世公认的"豪放词派"掌门人，后人称赞他的词：非关西大汉手持铁板，大唱"大江东去"，不能尽兴矣。那么，这是一首什么样的词呢？

这首词作于苏轼贬谪黄州之时。"念奴娇"是词牌，"赤壁怀古"是词题。它写于宋神宗元封五年(1082 年)七月。当时由于苏轼用诗文讽喻新法，维新派官僚罗织罪状，将苏轼贬至黄州，这首词是他游览黄州城外的赤鼻矶时写下的。词分上下两片。上片咏赤壁，着重写景，即景抒怀，引起对古代英雄人物的怀念。

下片怀周瑜，着重写人，借对周瑜的仰慕，抒发自己功业无成的感慨。可见，苏轼以"赤壁怀古"为题，借凭吊古代英雄人物，抒发自己的感慨。

上片以大江滚滚东去，淘尽千古人物总领全篇，着重描写雄伟壮丽的景色。作者始终把江山和英雄联系在一起。起句"大江东去，浪淘尽，千古风流人物"既是写眼前的长江，又是指历史的长河，既是写景，又是抒情，妙语双关，富于哲理。作者言下之意是:江山依旧，人事已非，时间的流逝是多么无情啊！起句即导入主题，气势雄浑，出语惊人，不同凡响，但却难以掩盖悲凉的色彩，语句用意波澜壮阔，气势雄伟。表现出作者的眼界开阔，性格豪放、达观。"故垒西边，人道是，三国周郎赤壁"。故垒，古战场军营工事的遗迹。西边，长江流经黄州城外时折向南流，故赤鼻矶在西边。人道是，人们说这里是（当年古战场的地址），众说纷纭，苏轼不过姑且借景怀古抒感而已。周郎，指周瑜。周瑜为中郎将时年仅 34 岁，吴中呼为周郎，后人沿袭这个称呼。赤壁因周郎而著名，故称"周郎赤壁"。这句是说：西边古战场的遗迹，人们说是三国时周郎大破曹军时的赤壁。这是点题，也是承上启下。笔锋由与大江有关的"千古风流人物"之"面"，转到"三国周郎赤壁"之"点"。意即"大江"不能尽述，只说三国；"风流人物"不能尽评，只谈周郎。足见用笔之开合，结构之精妙，构思之严密。"乱石穿空，惊涛拍岸，卷起千堆雪"。乱石穿空，即陡峭不平、犀利如剑的石壁插入天空。惊涛拍岸，使人惊骇恐惧的巨浪，时起时伏，拍打着江岸。雪，比喻浪花。这句是说：杂乱陡峭的石壁高插天空，触目惊心的巨浪拍打着江岸，此起彼伏，掀起千层波浪，耀眼如雪。"穿空"，写赤壁之高，突出其形；"拍岸"写江水之猛，突出其声；"千堆雪"形容浪花之白。三个分句并用，有绘形、绘声、绘色之妙。这里极力铺写赤壁古战场的环境，从而可以使人想到当年赤壁之战的险恶。阅读此词，既可以看到大江的汹涌澎湃，又能使人想到风流人物的非凡气概，更可体味到作者兀立江岸，凭吊胜地所诱发的激荡的心潮。

下片描写青年名将周瑜的功业和风采，抒发自己事业无成而早生白发的感慨。作者在历史事实的基础上，挑选足以表现人物个性的素材经过艺术提炼和加工，从几个方面把人物刻画得栩栩如生。"遥想公瑾当年，小乔初嫁了"，周瑜是当时孙、刘联军的统帅，年纪尚轻，才34岁。小乔，吴国乔公的次女，周瑜之妻，小乔嫁给周瑜已经是多年的事情了，作者说"初嫁"，是为了表现周瑜年轻有为。这句是说：回想那遥远的往事，当年孙、刘联军统帅周瑜，与小乔正是新婚之际，相貌英俊，才貌出众，气宇非凡。在众多英雄人物中，作者特别突出周瑜是大有原因的。因为孙、刘联盟是赤壁之战取胜的关键，而周瑜的支持，促使孙权最后下决心与刘备联盟抗曹，而且周瑜拥有较诸葛亮强大得多的实力，在赤壁之战中起决定的作用。"羽扇纶巾，谈笑间，樯橹灰飞烟灭"。羽扇纶巾，当时的一种服饰，手摇羽扇，头戴青丝锦的头巾，显然是一副儒将的风度。谈笑间，形容指挥从容不迫。樯橹，以樯橹代船舰；一作"强虏"或"狂虏"，是从周瑜的立场说曹操和他的军队。灰飞烟灭，指曹操的船舰被周瑜部将黄盖纵火烧毁。这句是说：周瑜手执羽扇，头着纶巾，态度闲雅，从容镇定，言谈笑语之间，就使声势浩大的曹军船舰化为灰烬。作者在这里从年龄、装束、仪表、才能、战绩等方面全面赞颂周瑜，塑造了一个英雄人物的形象。作者赞美这次战争，是赞美周瑜指挥从容，立歼强敌的才能，赞美周瑜所建立的不朽功业，表达自己渴望建功立业的政治抱负。"故国神游，多情应笑我，早生华发"。故国神游，即"神游故国"的倒装句。故国，指旧时三国古战场。神游，指神思驰骋当年周瑜赤壁之战的情景，即缅怀周公瑾的业绩。多情应笑我，即"应笑我多情"的倒装句。多情，易动感情。华发，白头发。这句是说：我到这里来凭吊古战场，缅怀周公瑾，竟如此多情善感，难怪自己的头发过早地白了。"人生如梦，一樽还酹江月"。人生，一作"人间"。樽，酒怀。酹，把酒洒在地上表示祭奠。酹江月，洒酒江中，邀月同饮。这句是说：人世之间犹如梦幻，且举起酒杯与江月同乐吧！这是一种无可奈何，只好寄情江月的消极感情。词的下片虽然流露出借古慨今的伤感的情绪，但全词气势磅礴，笔力雄浑，豪迈奔放，在最后的喟叹中仍表现出开阔的思想和豁达的胸襟。苏轼具有强烈的儒家救世精神，为人重操守，不以时迁，毁誉不计；一生热爱学问事业，是一个爱民爱国的士子。他能随缘自适，处逆境而不颓废，处顺境而不淫逸，词作中极富超然物外的旷达，充分显示苏轼坦诚开阔的胸怀、自由洒脱的性格和豪迈的气魄。这一点永远值得后人追随和效仿。

词的基调激昂向上，起首用大江比喻历史，深沉而壮阔；其间赤壁古战场的描写，有声、有色、有形，动人心魄；关于周瑜形象和事迹的刻画，栩栩如生。全词气势雄伟，景物壮丽，人物英武，都是典型的豪放之笔。在北宋前期词坛上六朝纤柔文风仍有广泛影响之时，这首词全新的美学风貌可谓使天下人耳目一新。

## （二）豪情万丈的《江城子·密州出猎》

江城子·密州出猎

老夫聊发少年狂，左牵黄，右擎苍。锦帽貂裘，千骑卷平冈。为报倾城随太守，亲射虎，看孙郎。

酒酣胸胆尚开张，鬓微霜，又何妨！持节云中，何日遣冯唐？会挽雕弓如满月，西北望，射天狼。

这首词作于熙宁八年（1075年）冬天。当时苏轼任密州太守，他的词风于密州时期正式形成，这首词是公认的第一首豪放词。苏轼对这首痛快淋漓之作颇为自得。当时，宋朝的主要边患是辽和西夏，虽然订立过屈辱的和约，可是军事上的威胁还是很严重。苏轼深受儒家民本思想的影响，历来勤政爱民，每至一处，都颇有政绩，为百姓所拥戴。密州时期，他的生活依旧充满了寂寞和失意，郁积愈久，喷发愈烈，遇事而作，必然有如挟海上风涛之气势。全篇的气概都很豪迈，大有"横槊赋诗"的气概。

这首词的上片绘声绘色地描写了打猎的场面，豪兴勃发，气势恢弘。起句用一"狂"字笼罩全篇，"狂"字是核心，是上片的词眼，借以抒写胸中雄健豪放的一腔磊落之情。苏轼时年38岁，正值盛年，不应言老，却自称"老夫"，又言"聊发"，与"少年"二字形成强烈反差，形象地透视出内心郁积的情绪。苏轼外任或谪居时期常常以"疏狂""狂""老狂"自况，这一点在他的很多词中都有记载，如《十拍子》："强染霜髭扶翠袖，莫道狂夫不解狂。狂夫老更狂。"此中意味，需要特别体会。接着词人形象地描写打猎时的气势，他左手牵黄狗，右手擎猎鹰，头戴锦绣的帽子，身披貂皮的外衣，这本是古代贵族服饰，这里指打猎武士们的装束，气宇轩昂，何等威武。"千骑卷平冈"，率领众多的随从，纵马狂奔，飞快地越过小山冈。特别要注意的是一个"卷"字的特殊表现力，突现出太守率领的队伍，势如大浪滔天，何等雄壮！可见出猎者情绪高昂，精神抖擞。"倾城"即倾动整个城里的人，写"随太守"的观众之多。全城的百姓都来了，来看他们爱戴的太守行猎，万人空巷。这是怎样一幅声势浩大的行猎图啊，太守倍受鼓舞，气冲斗牛，为了报答百姓随行出猎的厚意，决心亲自射杀老虎，让大家看看孙权当年搏虎的雄姿。这里引用了三国时孙权亲自乘马射虎的典故，他要像当年的孙权那样亲自挽弓马前射虎。《三国志》记载在一次出行中，孙权的坐骑为虎所伤，他镇定地在马前打死了老虎。这就在浓墨重彩地描绘出猎的场面后，又特别突出地表现了作者的"少年狂"。苏轼效仿当年的孙权，可见他的政治追求。概括说来，上阕写出猎的壮阔场面，表现出作者壮志踌躇的英雄气概。

下片承接着上片，进一步写"老夫"的"狂"态。词人豪放地写道，出猎之前，痛痛快快喝了一顿酒，意兴正浓，胆气更壮，尽管"老夫"老矣，鬓发斑白，又有什么关系！这里真可谓以"老"衬"狂"，更表现出作者壮心未已的英雄本色。前面我们已经提到，北宋仁宗、神宗时代，国力不振，国势衰弱，时常受到辽国和西夏的侵扰。北宋政府割地赔银，丧权辱国，令许多尚气节之士义愤难平。苏轼由出猎联想到国事，联想到自己怀才不遇，壮志难酬的处境，不禁以西汉魏尚自况。他并不在意自己的衰老，在意的是朝廷能否重用他，给他机会去建立功业。"持节云中"两句引用了一个典故，是汉文帝与冯唐的故事。据《汉书·冯唐传》记载：汉文帝时，魏尚为云中太守。云中，在今内蒙古托克托县境内，包括山西省西北一部分地区。魏尚抵御匈奴有功，只因报功时多报了六个首级而获罪削职。后来，文帝采纳了冯唐的劝谏，派冯唐持符节到云中去赦免了魏尚。"节"即兵符，古代使节用以取信的凭证。持节，是奉有朝廷重大使命。苏轼当时在政治上处境不甚得意，在这里以守卫边疆的魏尚自喻，希望得到朝廷的信任，希望朝廷能派遣冯唐一样的使臣，前来召自己回朝，得到朝廷的信任和重用。什么时候朝廷能像派冯唐赦免魏尚那样重用自己呢？最后作者表述了自己企望为国御敌立功的壮志，"会挽雕弓如满月，西北望，射天

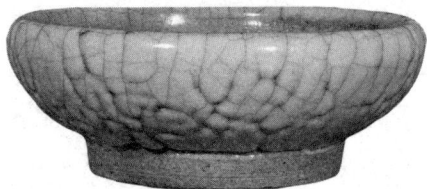

唐宋散文与诗词

狼"。"天狼",本意是天狼星,这里用以代指从西北来进扰的西夏军队。到那时"我"一定会把雕弓拉得满满的,向西北方的天狼星猛射过去。作者以形象的比喻,表达了渴望一展抱负,杀敌报国,建功立业的雄心壮志。可见,下片借出猎的豪兴,苏轼将深隐心中的夙愿和盘托出,其"狂"字下面潜涵的赤诚令人肃然起敬。从而抒写了渴望报效朝廷的壮志豪情。

综观全词,感情纵横奔放,字里行间洋溢着豪放的思想,直率地表现了作者的胸襟、见识、情感志趣、希望理想,充满阳刚之美,成为历史弥珍的名篇。词中一连串的动词如发、牵、擎、卷、射、挽、望等,生动形象,具有特别的表现力。这首词从题材、情感到艺术形象、语言风格都是粗犷、豪放的。同苏轼其他豪放词相比,它是一首豪而能壮的壮词。

豪放词派

# 五、辛弃疾之慷慨纵横

辛弃疾（1140—1207 年），南宋中期最伟大的文学家，原字坦夫，后改字幼安，中年后别号稼轩居士，宋济南历城人，也就是今天的山东济南市。他的爱国词代表了南宋爱国词的最高水平，同时他也是一位智勇双全的英雄，并且天生一副英雄的相貌。在艺术上，他继承和发展了苏轼所开创的豪放风格，使豪放词派"屹然别立一宗"（《四库全书总目》），蔚然成风，震撼宋代词坛，辛弃疾也成为豪放词的一代巨擘和领袖。文学史上人称"词中之龙"，与苏轼并称"苏辛"。著有《稼轩长短句》，今人辑有《辛稼轩诗文抄存》，《全宋词》存词六百二十余首。《四库全书总目提要》称赞他："其词慷慨纵横，有不可一世之概。"王国维在《人间词话》中也评价说："东坡之词旷，稼轩之词豪。"辛词在继承苏词的基础上，以不断创新的精神，终以其浓郁的爱国激情和豪迈悲壮的风格，成为词史上一笔不可多得的宝贵精神财富。

辛弃疾现存六百多首词作，写政治，写哲理，写朋友之情、恋人之情，写田园风光、民俗人情，写日常生活、读书感受，可以说，凡当时能写入其他任何文字样式的题材，他都写入词中，范围比苏词还要广泛得多。辛弃疾的词主观感情十分浓烈，具有多种风格，不仅有豪放之作，还有婉约、平淡、清丽之作，甚至还有刚柔交融、摧刚为柔等风格之作。但是其最有代表性的风格还是豪放。辛词善于采用长调，运用豪迈英武的自我形象、飞动壮观的景物场面、浪漫主义的表现手法、跳跃顿挫的层次结构以及小中见大的细节描写，来建造豪放风格，把豪放词发展到了一个空前绝后的境界。正因为如此，辛弃疾在当时和后代都有巨大的影响，模仿者很多，于是有了流传久远的"稼轩派"。下面我们就来赏析辛弃疾豪放词的代表作《水龙吟·登建康赏心亭》。

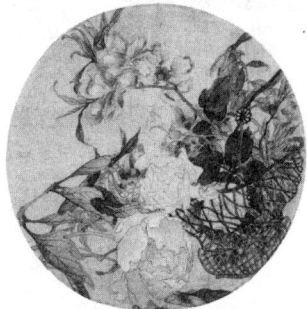

## （一） 《水龙吟·登建康赏心亭》的困龙之衰

水龙吟·登建康赏心亭

楚天千里清秋，水随天去秋无际。遥岑远目，献愁供恨，玉簪螺髻。落日楼头，断鸿声里，江南游子。把吴钩看了，栏干拍遍，无人会，登临意。

　　休说鲈鱼堪脍，尽西风，季鹰归未？求田问舍，怕应羞见，刘郎才气。可惜流年，忧愁风雨，树犹如此！倩何人、唤取红巾翠袖，揾英雄泪！

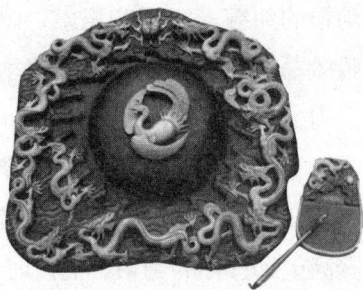

　　1174年的秋天，建康城(今南京市)的赏心亭等来了一位特殊的游客。他不是来尽观赏之胜，而是拍遍栏杆，仰天长叹。他就是南宋著名的爱国词人辛弃疾。文武全才，偏又生于悲剧时代，于是历史使他成为悲剧人物。然而幸运的是，他为我们留下了千古传诵的《水龙吟·登建康赏心亭》一词。这首词，不知吸引了多少文人墨客的眼球，很多名人都对它指点评论。

　　要想深入解读作品，一定要知人论世。既要了解作者，也要了解写作背景。对于作者，我们不仅要知其人，而且要知其全人，知其为人与人生的各个方面；不仅要论其世，而且要论世之影响，论时势影响与作者创作的多种关系。我们知道，1126年，金兵攻占了北宋都城汴京，北宋灭亡。第二年，徽宗第九子康王赵构即位称帝，建立了南宋，从此开始了宋金隔江对立的局面。辛弃疾就生于这个金宋乱世，出生时，家乡山东已为金兵所占。他的幼年和青年时代，都是在女真族奴隶主贵族金政权的统治下度过的。他不满金人的侵略，年轻时就树立了重整乾坤、雪耻复国的理想，并且成为著名的抗金斗士。绍兴三十年，金主完颜亮大举南侵，辛弃疾聚众两千人树起抗金义帜，是年他二十一岁；绍兴三十一年，他率军投奔耿京，屡建奇功，是年他二十二岁；绍兴三十二年，张安国杀耿京叛变，他率五十轻骑生擒张安国，后渡江投奔南宋朝廷，是年他二十三岁。南归之初，辛弃疾又上书了《美芹十论》《九议》等奏疏，陈说抗金方略。但是南宋政府对辛弃疾的一片忠心与痴心不予理睬，还把他派到远离前线的地方做官，长期闲置。他作为南宋臣民四十年，倒有近二十年的时间被闲置一旁，而在断断续续被任用的二十多年间又有三十七次频繁调动。但他一有机会，还是真抓实干，忠心不改。可见，他的一生大都在被抛弃的感叹与无奈中度过。当权者不使他为官，却为他准备了锤炼思想和艺术的环境。他被九蒸九晒，水煮油炸，千锤百炼。历史的风云，民族的仇恨，正与邪的搏击，爱与恨的纠缠，知识的积累，感情的浇铸，艺术的升华，这一切都在他的胸中翻腾激荡，如地壳内岩浆的滚动鼓胀，冲击积聚。既然这股能量一不能化作刀枪之力，二不能化作施政之策，便只有一股脑地注入诗词，化为不朽的艺术。

"水龙吟"是词牌，"登建康赏心亭"是词的题目，"建康"是南京市的古称，"赏心亭"原在南京市城西，现在已经不存在了。古人有三五亲朋好友登高望远抒怀的习俗，而此时词人只能独自登高，感受如何呢？词分上下两片，上片写景抒情，分四个层次：

第一层："楚天千里清秋，水随天去秋无际"，这是作者在赏心亭上所见的江景，写得气魄宏大，笔力遒劲，点出了江南的辽阔与秋色的无际，"楚"即吴楚，泛指长江中下游一带，"千里"言其广阔，"清秋"是秋高气爽的季节。两句的意思是，楚天千里，辽远空阔，秋色无边无际，大江流向天边，也不知何处是它的尽头。这一句给人以"置身在无限时空的流动里"的感触，当然很容易引起孤独、渺小和无助的感觉。加上他连续用了两次"秋"的意象，既表明秋色的无所不在，也暗点了词人"心上秋"的悲剧意识。为什么秋色能引起词人和读者的悲剧意识呢？在中国的文化中，"秋"象征着"愁思"。因此，词人放眼秋色，心生悲愁，自在情理之中。当作者把视线投向北方一带绵延起伏的山岭时，不禁悲从中来。

第二层写道："遥岑远目，献愁供恨，玉簪螺髻"，这是远眺的景象。由于作者情绪情感的投射，远处山峦也染上悲秋的色泽。"遥岑"，即远山，指长江以北沦陷区的山，"献愁供恨"运用了拟人手法，是说山向人献愁供恨。山本来是无情之物，连山也懂得献愁供恨，人的愁恨就可想而知了，颇有杜甫诗歌"感时花溅泪，恨别鸟惊心"的意味。"玉簪""螺髻"都用来比喻山峦。意思是说：放眼望去，那层层叠叠的远山，有的像美人头上插戴的玉簪，有的像美人头上螺旋形的发髻，可是这些却只能引起词人对丧失国土的忧愁和愤恨。因为这些曾是南宋的山峦，现在已经成为金国的国土。特别像词人这样雄心壮志的人物，看来更是满目凄然，悲感之至了。第二层点出"愁""恨"两字，由纯粹写景而开始抒情，由客观而及主观，感情也由平淡而渐趋强烈。

第三层写道："落日楼头，断鸿声里，江南游子。"

一句的意象极为灰暗，情调更是悲怆，而且层层
写来，淋漓尽致地道出了英雄末路的窘境。"落
日楼头"，是视觉意象，不仅写明凄凉的情境，也
暗示"时不我与"的悲慨。"断鸿声里"，是听觉
意象，写孤雁失群的悲鸣。"断鸿"一词，恐怕
是词人当下处境(孤寂)的象征。"江南游子"写自
己的现状，作者以此作为自己的代称，可见心里那份不得已的悲哀。当"落日
楼头"(看在眼里)"断鸿声里"(听在耳里)落实到"江南游子"心里的时候，其
愁恨苦闷恐怕已涨到饱和点了。在写法上，"落日"本是自然景物，既点明时
间是黄昏，也隐喻了南宋朝廷日薄西山，国势危殆。"断鸿"，本是失群的孤
雁，辛弃疾用这一自然景物来比喻自己飘零的身世和孤寂的心境，无所归依。
辛弃疾从山东来到江南，归依南宋，原是以南宋为故国，以江南为自己的家乡
的，但南宋统治集团对他一直采取猜忌、排挤的态度，致使辛弃疾觉得他在江
南真的成了游子了。这种被压抑的爱国热情和英雄无用武之地的悲哀，是没有
人能够理解的。所以——

　　第四层写道："把吴钩看了，栏干拍遍，无人会，登临意。"如果说前三层
是写景寓情的话，那么这一层便是直抒胸臆了。但这里，作者又不是直接用语
言来渲染，而是选用有典型意义的动作，淋漓尽致地抒发自己报国无路、壮志
难酬的悲愤之情。第一个动作是"把吴钩看了"，吴钩，是吴王阖闾所造的钩形
刀，本是战场上杀敌的锐利武器，凭借它可以从事征战、杀敌立功，但现在却
闲置身旁，无处用武。这就把作者空有沙场杀敌的雄心壮志的苦闷烘托出来了。
然而，作者还嫌不足，接着又写了第二个动作"栏干拍遍"，把胸中那说不出来
的抑郁苦闷之气，借拍打栏干来发泄，进一步表现了作者徒有杀敌报国的雄心
壮志而无处施展的急切情态。记得有这样一句诗："读书误我四十年，几回醉
把栏杆拍"。"无人会，登临意"则是作者的仰天长叹，表达了作者的孤独，在
"举世皆浊、众人皆醉"的尘世，他注定当"陌生人"的角色。我们知道，琴师
最怕没有知音，英雄最怕置于闲散，苍鹰被锁樊笼，蛟龙搁浅沙滩，那是最难
耐、最痛楚的。

　　可见，词的上片借景抒情，情感跌宕起伏。特别是"无人会，登临意"一
句，是点睛之句，读了令人回味不已。那么，词人的登临之意究竟是什么呢？

赏析到这里，词人一定找到知音了吧？我们继续看下片。

下片则偏重借古讽今，前后辉映，与上片珠联璧合。下片也是四句，不过五十字，用典竟达三处之多。我们来看一看词人引用每个典故究竟要表达什么。

第一层"休说鲈鱼堪脍，尽西风，季鹰归未？"照应上片的"江南游子"一句，"休说"二字下得非常肯定，不容妥协。表明自己的意愿，不想学张季鹰忘情时事、旷达适意的生命态度。根据《晋书·张翰传》所载，张翰是吴地人，在洛阳作官，见秋风起而思念故乡的菰菜羹、鲈鱼脍，于是辞官回家。词人通过对张季鹰生命态度的批判，说明自己与张季鹰在价值、观念取向上的差异。他不会因乡愁便借口"人生贵得适志"而弃官回乡，而是不避任何艰难险阻，积极地担当人世间的重任。真是"咬定青山不放松，任尔东南西北风"。

第二层"求田问舍，怕应羞见，刘郎才气"，这里也是用了一个典故。"求田问舍"，就是买地置屋。"刘郎"指三国时刘备，这里泛指有大志之人。据《三国志·陈登传》记载，三国时许汜去看望陈登，陈登对他很冷淡，独自睡在大床上，许汜睡下床。后来许汜把这件事告诉了刘备，刘备说："天下大乱，你忘怀国事，求田问舍，陈登当然瞧不起你。如果碰上我，我将睡在百尺高楼，叫你睡地下，岂止相差上下床呢？"这里用以表明词人的坚贞抉择，是说如果像许汜那样求田问舍，追求个人温饱的话，就会让天下英雄耻笑。词人应用这个典故，言外之意既准确又深刻。可见他入世之心十分强烈、积极，因此，"国事、家事、天下事，事事关心"，这与求田问舍、谋求隐逸生活的生命态度是迥然不同的。此种入世精神与前面对张季鹰出世的批判，意义一致，是词人的自剖。词人的抱负，不在一己，而在天下。

第三层"可惜流年，忧愁风雨，树犹如此"，"流年"，就是时光流逝。"风雨"，指国家处在风雨飘摇之中。"树犹如此"也是用了一个典故。据《世说新语》记载，东晋桓温出征，经过金城，看到他早年栽种的柳树已长到十围那么粗大，便感叹地说："木犹如此，人何以堪？"意思是说树尚且这样，人怎么会不老呢？词人用这个典故的意思是，岁月是无情的，它连树木都不放过，何况是人呢？自古英雄最忌老迈。梦想的落空，对英雄而言，是最悲惨的打击，生命的意义也可能为之幻灭。这一层实际上是控诉南宋集团不能任用

唐宋散文与诗词

人才，使爱国志士无所作为，虚掷年华。这可以说是"登临意"的核心内容，也是全词的核心，是《水龙吟》词的主题思想的体现。

所以词的最后说："倩何人，唤取红巾翠袖，揾英雄泪。"这是作者抒发"登临意"的第四层意思。"倩"，这里是请、央求的意思。"红巾翠袖"，是女子的装束，这里借代歌女。"揾"，是擦拭。"倩何人"，请什么人的意思。南宋社会歌馆林立，歌女很多，呼之即来，为何要请人去"唤取"呢？而且还不知道要请"何人"，这就说明这位"红巾翠袖"非常难请到，实际上这抒发了词人的一种不被知遇的无可奈何的心情。我们知道，封建社会的歌女，是为了生计而不得不在歌楼酒馆里卖唱或卖身的女子，杜牧有诗句"商女不知亡国恨，隔江犹唱《后庭花》"，诗中"商女"指的就是歌女，杜牧在诗中用曲笔借歌女不知亡国恨，来谴责统治者。作为歌女，她不可能理解像词人这类爱国志士的失意情怀，也就不可能擦干词人因故土难以收复，壮志难以实现的英雄失意及思乡的老泪，充其量能擦干的是贵族公子哥儿的相思之泪。所以，这一句是作者自伤抱负不能实现，时无知己，得不到同情与慰藉的悲叹。同时也与上片的"无人会，登临意"相呼应。昆曲《夜奔》中有这样的唱句："丈夫有泪不轻弹，只因未到伤心处"。英雄而至于落泪，可见辛弃疾当时心中是多么苦闷和伤心。尽管如此，我们依然能感受到词人那不妥协的生命态度与高贵的英雄气节。

词的下片三次引用典故，使得词人的胸怀、词人的志气、词人的无奈、词人的执著，这一切的一切都在词中表露无遗。那么，词人登临怀古释恨抒怀，究竟要表达怎样的思想感情呢？辛弃疾创作这首词的情感起因是"无人会，登临意"的郁闷，因此诗人在词中宣泄的是报国无门、壮志难酬的悲愤。

辛弃疾是我国历史上唯一一位由行伍出身，最终以文为业的大诗词作家。历史歪打正着地把他逼上了词人之路，把他修炼成既有思想又有人格魅力、艺术魅力的词人。恩格斯在评论文艺复兴时期的巨人时指出："他们几乎全都处在时代运动中，在实际斗争中生活着和活动着，站在这一方面或那一方面进行斗争，有人用舌和笔，有人用剑，有些人则两者并用。"辛弃疾就是笔和剑两者并用的人。他在时代的运动中，就像地球大板块的冲撞那样，时而被夹在其间

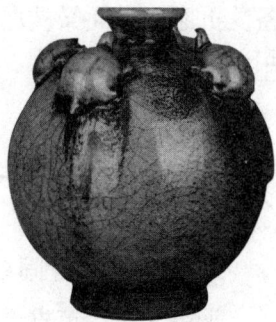

备受折磨，时而又被甩在一旁冷静思考。所以积三百年北宋南宋之动荡，才产生了一个辛弃疾。

## （二）　《永遇乐·京口北固亭怀古》的逸怀浩气

永遇乐·京口北固亭怀古

千古江山，英雄无觅，孙仲谋处。舞榭歌台，风流总被雨打风吹去。斜阳草树，寻常巷陌，人道寄奴曾住。想当年，金戈铁马，气吞万里如虎。

元嘉草草，封狼居胥，赢得仓皇北顾。四十三年，望中犹记，烽火扬州路。可堪回首，佛狸祠下，一片神鸦社鼓。凭谁问，廉颇老矣，尚能饭否？

这是辛弃疾于开禧元年(1205 年)66 岁任镇江知府时，登上京口北固亭后所写的一首词。词人面对锦绣河山，怀古喻今，抒发志不得伸、不被重用的忧愤情怀，全词放射着爱国主义的思想光辉。辛弃疾耿介正直，坦率直爽，仕途极不得志。但他是一个志士失意，却不失其志、不失其正的人。他积极进取，力主抗战复国，并且深谋远虑，骁勇善战。但在南宋时，主战派势力总居下风，因此，有很长一段时间，辛弃疾都在江西乡下赋闲，不得重用。后来，宰相韩侂胄重新起用了辛弃疾。但这位裙带宰相是有目的的，就是急于北伐，起用主战派，以期通过打败金兵而捞取政治资本，巩固他在朝的势力。精通兵法的辛弃疾深知战争决非儿戏，一定要做到知己知彼，他派人去北方侦察后，认为战机未成熟，主张暂时不要草率行事。哪知，韩侂胄却猜疑他，把他贬为镇江知府。北伐当然能唤起他恢复中原的豪情壮志，但是对独揽朝政的宰相轻敌冒进，又感到忧心忡忡。这种老成谋国、深思熟虑的情怀及矛盾交织复杂的心理状态，在这首篇幅不大的作品里充分地表现出来，成为传诵千古的名篇。

词以"京口北固亭怀古"为题。京口是三国时吴大帝孙权设置的重镇，并一度为都城，也是南朝宋武帝刘裕生长的地方。登楼可望见已属金国的长江以北的广大地区。可以想象，辛弃疾在京口期间，肯定不止一次登楼，登楼之时，定有几多感慨存诸心中，蓄积起来，如骨鲠在喉，不吐不快。这样，他只能把民族矛盾的烽烟血泪，山河破碎、偏安一隅的屈辱，爱国之心抑郁不舒、壮志未酬沉痛苍凉的心境，熔铸在词中。

古人登高望远必怀古。面对锦绣江山，缅怀历史上的英雄人物，正是像辛弃疾这样的英雄志士登临之情意，词正是从这里起笔的。由眼前所见而联想到两位著名历史人物——孙权和刘裕，对他们的英雄业绩表示向往。江山千古，欲觅当年英雄而不得，起调不凡。"千古江山，英雄无觅，孙仲谋处"是说：千百年来江山依旧，却无处寻找像孙权那样的英雄人物了。孙仲谋即孙权，字仲谋，三国时吴国的君主。不仅如此，"舞榭歌台，风流总被雨打风吹去"。当年的繁华盛况和英雄业绩都随着时光的流逝，在风吹雨打中消失了。"舞榭歌台"即歌舞的楼台。"风流"这里指英雄的业绩。"斜阳草树，寻常巷陌，人道寄奴曾住"。这三句是说，刘裕住过的地方现在已成了斜阳草树中的普通街巷。寄奴即南朝宋武帝刘裕的小名。孙权以区区江东之地，抗衡曹魏，开疆拓土，营造出了三国鼎峙的局面。尽管斗转星移，沧桑巨变，然而他的英雄业绩是和千古江山相辉映的。刘裕是在贫寒、势单力薄的情况下逐渐壮大的。以京口为基地，削平了内乱，取代了东晋政权。他曾两度挥戈北伐，收复了黄河以南大片故土。这些振奋人心的历史事实，被形象地概括在"想当年，金戈铁马，气吞万里如虎"三句话里。英雄人物留给后人的印象是不可磨灭的，因而"斜阳草树，寻常巷陌"，传说中他的故居遗迹，还能引起人们的瞻慕追怀。在这里，作者发的是思古之幽情，写的是现实的感慨。无论是孙权或刘裕，都是从百战中开创基业，建国东南的。这和南宋统治者苟且偷安的表现，形成了鲜明的对照！这里对历史人物的赞扬，也就是对主战派的期望和对南宋朝廷苟安求和者的讽刺和谴责。可见，66岁的辛弃疾壮心不已，词中依然暗蕴着一股不屈不挠的刚健豪气，始终保持着英雄壮士血性男儿的本色。

如果说，词的上片借古意以抒今情，情感还比较外显，那么，词的下片，作者通过典故所揭示的历史意义和现实感慨，就更加意深而味隐了。这首词的下片共十二句，有三层意思。峰回路转，愈转愈深，意境深宏博大，给人以沉郁顿挫之感。

"元嘉草草"三句，用古事影射现实，尖锐地提出一个历史教训。这是第一层。元嘉：刘裕的儿子宋文帝刘义隆的年号(242—253年)。"草草"指刘义隆北伐准备不足，草率出兵。"封"即古代在山上筑坛祭天的仪式。这里指"封山"。狼居胥：山名，又名"狼山"，在今内蒙古自洽区西北郊。汉代霍去病追击匈奴至狼居胥，封山而还，后来就把"封狼居胥"作为开拓疆土，建立战功的代称。赢得：剩得，落得。仓皇北顾：在仓皇败退时，回头北望追兵，宋文帝有"北顾涕交流"的诗句记此次失败，本想建立战功，结果却落得个大败而还，北顾追兵，仓皇失措。史称南朝宋文帝刘义隆有收复河南之志，他曾三次北伐，都没有成功，特别是元嘉二十七年的最后一次，失败得更惨。用兵之前，他听取彭城太守王玄谟陈说北伐之策，非常激动地说："闻玄谟陈说，使人有封狼居胥意。"（见《宋书·王玄谟传》）"有封狼居胥意"是说有北伐必胜的信心。当时分据在北中国的元魏，并非无隙可乘，从南北军事实力的对比来看，北方也并不占优势。若能妥善筹划，收复一部分河南旧地是完全可能的。可是宋文帝急于事功，头脑发热，听不进老臣宿将的意见，轻启兵端。结果不仅没有得到预期的胜利，反而招致元魏大举南侵，弄得两淮残破，国势从此一蹶不振了。这几句是辛弃疾在语重心长地告诫南宋朝廷：要慎重啊！你看，元嘉北伐，由于草草从事，"封狼居胥"的壮举，只落得"仓皇北顾"的哀愁。想到这里，稼轩不禁抚今追昔，感慨万端。随着作者思绪的剧烈波动，词意不断深化，而转入了第二层。

四十三年后的今天，登高遥望扬州一带，当年的抗金烽火，记忆犹新。"扬州路"指今天江苏扬州一带。辛弃疾是四十三年前，即绍兴三十二年（1162年）率众南归的。那峥嵘的战斗岁月，是他英雄事业的开始。当时，宋军在采石矶击破南犯的金兵，完颜亮为部下所杀，人心振奋，北方义军纷起，动摇了女真贵族在中原的统治，形势是大有可为的。刚即位的宋孝宗也颇有恢复之志，起用主战派首领张浚，积极进行北伐。可是符离败退后，他就坚持不下去，于是主和派重新得势，再一次与金国通使议和。从此，南北分裂就进入了一个相对稳定的状态，而辛弃疾的鸿鹄之志也就无从施展。时机是难得而易失的。四十三年后，重新经营恢复中原的事业，民心士气，都和四十三年前有所不同，当然要困难得多。于是词人感慨道：

"可堪回首，佛狸祠下，一片神鸦社鼓。"往事真不

堪回想，在敌占区里北魏皇帝佛狸的庙前，香烟
缭绕，充满一片神鸦的叫声和社日的鼓声！"可
堪"即怎能忍受得了。佛狸祠在长江北岸今江苏
六合县东南的瓜步山上。永嘉二十七年，北魏太
武帝拓跋焘南侵时，曾在瓜步山上建行宫，后来
成为一座庙宇。拓跋焘小字佛狸，所以民间把它
叫做佛狸祠。"神鸦"即飞来吃祭品的乌鸦。"社鼓"就是社日祭神的鼓乐声。
这三句是说，人们忘记了过去的历史，竟在佛狸祠下迎神赛社，一片太平景象，
真有不堪回首之感。"烽火扬州"和"佛狸祠下"的今昔对照所展示的历史图
景，正唱出了词人四顾苍茫、百感交集、不堪回首的感慨。

四十三年过去了，当年扬州一带烽火漫天，瓜步山也留下了南侵者的足迹，
这一切记忆犹新，而今佛狸祠下却是神鸦社鼓，一片安宁祥和景象，全无战斗
气氛。令辛弃疾感到不堪回首的是，隆兴和议以来，朝廷苟且偷安，放弃了多
少北伐抗金的好时机，使得自己南归四十多年，而恢复中原的壮志无从实现。
在这里，深沉的时代悲哀和个人身世的感慨交织在一起。那么，辛弃疾是不是
就认为良机已经错过，事情已无法挽救了呢？当然不是这样。据历史记载，对
于这次北伐，他是赞成的，但认为必须做好准备工作；而准备是否充分，关键
在于举措是否得宜，在于任用什么样的人主持其事。他曾向朝廷建议，应当把
用兵大计委托给元老重臣，暗示由自己来担任，准备在垂暮之年，挑起这副重
担；然而事情并不是他所想象的那样，于是他就发出"凭谁问：廉颇老矣，尚
能饭否"的慨叹，词意转入了最后一层。

谁还来问：廉颇老了，饭量还好吗？读到这里，我们会很自然地把老将廉
颇和辛弃疾联系起来。这一句借古人为自己写照，既表现了他老当益壮、临阵
思战的凌云壮志，又点明了他屡遭谗毁、投闲置散的实际遭遇，同他的心情、
身份都有一致之处，含义也就更加深刻了。我们赏析这首词时，一定要深刻理
解稼轩选用这一典故的用意，那就是他把个人的政治遭遇放在当时宋金民族矛
盾以及南宋统治集团的内部矛盾的焦点上来抒写自己的感慨，赋予词中的形象
以更丰富的内涵，从而深化了词的主题。这里我们一定要注意廉颇这个独特的
形象：廉颇在赵国，不仅是一员猛将，而且在秦赵长期相持的斗争中，他是一
位能攻能守、勇猛而持重的老臣宿将，晚年被人陷害而出奔魏国。后秦攻赵，

豪放词派

163

赵王想再用廉颇，怕他已衰老，派使者去探看。廉颇的仇人郭开贿赂了使者，要他回赵后说廉颇的坏话，使者回赵后，就捏造廉颇虽然年老，饭量还很大，但一会儿工夫就拉了好几次屎。赵王听后认为廉颇已经不中用了，便不去召他回赵。（《史记·廉颇蔺相如列传》）所以说，廉颇个人的遭遇，正反映了当时赵国统治集团内部的矛盾和斗争。从这一形象所蕴含的历史意义，再结合作者四十三年来的身世遭遇，特别是此后不久他又被朝廷一脚踢开的遭遇，我们就更能体会到辛弃疾作此词时的处境和心情，就会更深刻地理解他的忧愤之深广。

总结说来，下片引用南朝刘义隆冒险北伐，招致大败的历史事实，忠告朝廷要吸取历史教训，不要草率从事；接着用四十三年来抗金形势的变化，表示词人收复中原的决心不变；结尾三句，借廉颇自比，表示出词人报效国家的强烈愿望和对宋室不能任用人才的慨叹。词中雄心内敛，压抑高调，以词论政，义重情深。全词既有豪迈威武的英雄形象，又充满慷慨悲壮之气。我们完全能感受得到，辛弃疾词中的豪言壮语，是用杀敌报国的刀光剑影描绘出来的，是在血与火的战斗洗礼中熔铸出来的。并且词中用典贴切自然，紧扣题旨增强了作品的说服力和内涵。杨慎在《词品》中说："辛词当以京口北固亭怀古《永遇乐》为第一。"

词家论词，自古就有豪放婉约之别。纵观词的发展历程，豪放词可谓是后起之秀。从总体风格和审美效果说，相对于婉约词的"杏花春雨江南"，豪放词则壮美如"骏马秋风塞北"，富奇男子阳刚之美。关于阳刚之美的特质，桐城派大师姚鼐曾经进行过形象的描述："其得于阳刚之美者，则其文如霆如电，如长风之出谷，如崇山峻崖，如决大川，如奔骐骥。"